Vestígios

Ana Maria Machado

Vestígios

Contos

Copyright © 2021 by Ana Maria Machado

Grafia atualizada segundo o Acordo Ortográfico da Língua Portuguesa de 1990, que entrou em vigor no Brasil em 2009.

Capa
Claudia Warrak

Imagens de capa
Gary Conner/ EyeEm/ Adobe Stock (acima);
Marta Maziar/ Shutterstock (abaixo)

Preparação
Julia Passos

Revisão
Thaís Totino Richter
Camila Saraiva

Dados Internacionais de Catalogação na Publicação (CIP)
(Câmara Brasileira do Livro, SP, Brasil)

> Machado, Ana Maria
>   Vestígios : Contos / Ana Maria Machado. —
> 1ª ed. — Rio de Janeiro : Alfaguara, 2021.
>
>   ISBN: 978-85-5652-124-8
>
>   1. Ficção 2. Conto 3. Contos brasileiros 4. Ficção brasileira I. Título.
>
> 21-64248   CDD-B869.3

Índices para catálogo sistemático:
1. Contos : Literatura brasileira   B869.3
2. Ficção : Literatura brasileira   B869.3

Aline Graziele Benitez — Bibliotecária — CRB-1/3129

[2021]
Todos os direitos desta edição reservados à
EDITORA SCHWARCZ S.A.
Praça Floriano, 19, sala 3001 — Cinelândia
20031-050 — Rio de Janeiro — RJ
Telefone: (21) 3993-7510
www.companhiadasletras.com.br
www.blogdacompanhia.com.br
facebook.com/editora.alfaguara
instagram.com/editora_alfaguara
twitter.com/alfaguara_br

Sumário

Estações	7
A melhor parte	29
Burrinho de presépio	35
O.k., você venceu	41
Além das fronteiras	51
Tratantes	57
Sem deixar rastros	65
Em nome do pai	71
Não mais	79
Uma velhota frágil	85
Todas as filhas	91

Estações

Mal conteve uma exclamação de surpresa ao abrir a porta. O homem alto e de ombros largos que estava à sua frente, vestido num sobretudo e de chapéu na cabeça, pouco lembrava o rapazola ainda desengonçado de que se despedira no aeroporto de outro país havia poucos meses. Com um nó na garganta, abriu os braços para acolhê-lo:

— Meu filho!

Inexplicavelmente emocionado, achou que tinha de dizer mais alguma coisa para disfarçar, enquanto prolongava o abraço e se sentia acolhido pelo calor daquele corpo, pela primeira vez maior que o seu.

— Puxa! Como você demorou! Eu estava começando a ficar preocupado...

O rapaz já se desembaraçava de seus braços, pegava a maleta que depositara no chão para bater à porta e entrava com ela no quarto do hotel, enquanto explicava que o avião atrasara e a fila do táxi no aeroporto estava imensa. Ao tirar o sobretudo, não o jogou de qualquer jeito em qualquer lugar, como certamente faria alguns meses antes. Procurou um cabide para pendurar o casaco, após depositar o chapéu sobre a cômoda. Só então se deixou despencar na poltrona, esticou as pernas e botou os pés ainda calçados em cima da mesinha com a inimaginável atenção de antes proteger a madeira com uma revista. E então suspirou:

— Que bom estar aqui com você! Eu estava morrendo de saudades. Ainda bem que a gente conseguiu fazer essa loucura...

A loucura era estarem ali reunidos numa cidade estranha, pai e filho, depois de quase um ano de separação. Cedendo ao impulso que o afeto pedia, apesar da escassez de tempo e dinheiro. No dia seguinte, o pai teria que partir para Nova York a tempo de pegar no fim da tarde a conexão que o levaria de volta ao Brasil. E o filho tinha que refazer em sentido inverso o trajeto que mal acabara de cumprir, retornando de Montreal a Chicago, de lá em outro avião para uma cidade menor na Costa Oeste, onde deixara estacionado o carro com que enfrentaria duas horas de estrada para chegar de noite à universidade, a tempo de dormir algumas horas e estar cedinho no dia seguinte a postos para fazer uma prova importante.

Mas teria sido inadmissível que estivessem no mesmo continente e não tivessem dado um jeito de se encontrar, ainda que apenas por um dia.

Celebrando o encontro, tomaram juntos um uísque, servido nos copos do banheiro, a partir do velho frasco de prata em estojinho de couro que o pai sempre levava em viagens. O filho comentou:

— Até parece mentira que eu estou aqui, no Canadá, com você, e bebendo desse cantil... Você sabe que, desde pequeno, eu sempre tive a maior admiração por essa garrafinha? Essa caixinha prateada com gargalo e tampa de rosca, que você enchia de conhaque ou de uísque e levava no bolso quando ia viajar... Para mim, era uma espécie de troféu importante. Símbolo de pai, sei lá.

— Pois se gosta tanto, fique com ela — disse o pai, lhe entregando o objeto. — Daqui pra frente, com toda a certeza vai viajar muito mais do que eu.

O filho ficou completamente sem jeito com o presente. Por um lado, não queria privar o pai do seu pequeno e inseparável cantil. Por outro, percebia no ato quase um ritual de passagem, que o tocava de forma sutil mas intensa. Agradeceu e acrescentou, algo constrangido:

— Não sei se eu tinha direito de usar isso antes de ter minha própria família e ser pai. De alguma forma, para mim essa garrafinha era a encarnação mais completa do mundo adulto, da licença para tomar uma bebida alcoólica forte e pura quando bem entendesse. Da autoridade de resolver quem podia tomar um golinho misturado no café quando estava muito frio... Coisa de gente grande. E de homem, de quem dá as ordens, de quem sai pelo mundo em viagens perigosas, metido em guerra, revoluções e aventuras...

— Metido em trabalho, isso sim... Mas não sei bem se é coisa de gente grande, como você diz. Talvez seja mais é coisa de um cara duro, que veio de uma família humilde e tinha que lutar na profissão pra garantir o leite da criançada. Tinha era que brigar dentro da redação do jornal, disputar pra conseguir as melhores coberturas... — evocou com um certo ar nostálgico. — E nem sempre as grandes reportagens consistiam numa entrevista feita no conforto de um salão acarpetado...

— Ou na simples repetição do que um porta-voz resolveu plantar na imprensa, do que uma autoridade deixou escapar entre dezenas de microfones num corredor a caminho de uma reunião, ou do que as assessorias de imprensa distribuíram por escrito para todo mundo publicar igualzinho...

O pai encarou o filho e perguntou:

— Será que estou enganado, ou percebo uma ponta de desencanto com a profissão que você escolheu e na qual mal começou a atuar?

— Talvez... — admitiu o jovem meio a contragosto, terminando com um gole grande o finalzinho da bebida.

— Mas que maravilha! — elogiou o pai, sincero. — Sem esse espírito crítico você jamais seria um bom jornalista. Não sei o que você está aprendendo nesse seu curso, mas se deu para desenvolver essa sensibilidade para o mundo real, já valeu a pena.

— Não sei se é o curso ou a viagem, a distância, o fato de ter ficado mais tempo sozinho com meus pensamentos... Mas ando mesmo querendo chegar mais perto das coisas de verdade, do jeito que elas acontecem, e não da maneira que vivem querendo impingir à gente. Quase como se o meu maior aprendizado agora não tivesse que ser as matérias do curso, as coisas que estão nos livros, mas alguma coisa mais funda, a essência mesma do que existe, o... o... sei lá...

Ia dizer "o cerne" ou "o âmago", mas achou que eram palavras pedantes. Ficou procurando um termo, quando o pai atalhou:

— Isso mesmo, meu filho! Faro fino, olho vivo, ouvido atento. Atenção a qualquer detalhe que possa fazer diferença. Coisa de bicho que depende disso pra sobreviver. Estou gostando de ver...

Conversaram um pouco sobre a profissão, sobre a vida, falaram do futuro e dos últimos acontecimentos políticos. Numa pausa, o filho sugeriu:

— Vamos jantar? Estou ficando com fome...

— Ih! Quase perdemos a hora... Foi bom você lembrar. Pedi na portaria pra fazerem reserva de uma mesa num restaurante que eles sugeriram. Mas com toda essa nossa conversa, me distraí e já ia esquecendo. Já estamos meio atrasados.

Saíram depressa e num instante estavam entrando no *Seasons*, o restaurante indicado, que ficava a menos de duas quadras do hotel. Foram conduzidos à mesa, estudaram o cardápio, fizeram os pedidos.

Enquanto aguardavam a chegada dos pratos, bebericavam um honesto vinho tinto da Califórnia e conversavam sem parar, agora de modo mais objetivo. O pai queria saber tudo sobre o curso do filho, seus amigos, o dia a dia da vida que estava levando. O rapaz, por sua vez, o enchia de perguntas sobre a família, pedia notícias da mãe, deliciava-se com as histórias dos irmãos menores, queria saber dos amigos, do que estava acontecendo no Brasil.

Num dos intervalos da conversa, olhou em volta e, confirmando sua vontade de ser observador, reparou nos detalhes do ambiente.

Era um restaurante sem luxos nem pretensões e de tamanho médio. Mas algo o tornava acolhedor e diferenciado. Após alguns instantes, o jovem chegou à conclusão de que esse diferencial estava na iluminação sabiamente dosada e bem direcionada. E em quatro imensos quadros abstratos, dispostos dois a dois em paredes opostas, trazendo cor e certa atmosfera a um ambiente bastante despojado.

Como andava saindo com uma artista plástica e indo muito a museus e galerias nos últimos tempos, vinha desenvolvendo sua capacidade de percepção visual. Algo lhe disse que aqueles quadros iam muito além de um simples elemento de decoração e passou a olhá-los com mais vagar, chamando a atenção do pai para suas qualidades. Nenhum dos dois era crítico de arte ou seria capaz de se meter a dar explicações para o que estavam apreciando. Mas ambos gostaram e reconheceram nas pinturas alguma coisa que falava com aquilo que em outros tempos e situações talvez fosse chamado de suas almas ou seus espíritos.

— Até parece a obra daquela pintora brasileira... — comentou o pai — ... aquela bem moça, que ganhou um prêmio na Itália e fez uma exposição grande em São Paulo, como é mesmo o nome dela?

— Mara Miranda — concordou o filho. — Parece mesmo. Mas é claro que não pode ser. Primeiro, porque não sei se ela é conhecida no Canadá. E depois, quatro obras dela deste tamanho estariam por um preço muito além do que um restaurantinho desses poderia pagar para enfeitar o ambiente.

Os pratos chegaram. Os dois trataram de comer, enquanto continuavam a conversa, agora passando a discutir os rumos da economia e da política do momento e as últimas novidades do futebol brasileiro. Antes da sobremesa, numa pausa, ao olhar em volta, o pai tornou a prestar atenção nos quadros. E disse:

— Eu estou achando que eles fazem um conjunto. Eu sei que não mostram nada, mas parecem ser quatro maneiras diferentes de ver a mesma coisa. Ou quatro momentos, sei lá...

— Mas é claro! São as quatro estações, o restaurante não se chama *Seasons*? Deve ser isso mesmo. Nem sei por quê, eu antes tinha achado que o nome tinha a ver com tempero, *seasoning*.

— Também podia se referir a temporada, não é? Eles não falam em *season* pra designar a temporada de ópera ou de esportes, essas coisas?

— E também o que chamamos de "tempo" de uma fruta. A época da colheita. Ai, que saudade, pai... Não esqueço nunca, quando eu era pequeno e ia à feira com mamãe, parecia um calendário: o verão era tempo de caju, manga e abacaxi, depois vinha o tempo de fruta--de-conde e caqui, depois o de tangerina e de morango... Quando uma fruta ia acabando, outra ia começando. Hoje acho que não é mais assim. Botam tanto aditivo químico que tem tudo o ano inteiro.

— Mas acho que esses quadros são mesmo das estações do ano.

Ficaram olhando e tentando descobrir, pela cor, pelo clima, a que estação corresponderia cada pintura. Não tiveram muita dificuldade, havia em cada uma diferentes elementos que evocavam calor e frio, abundância e escassez, recolhimento e expansão. Era apenas uma questão de olhar bem, sentir e ver.

— Deve ser isso mesmo. Antes de sair vou conferir pra ter certeza — disse o pai. — Todos eles têm um nome escrito embaixo.

Mudou de assunto:

— Vai querer sobremesa?

— Não, só um café. E você?

— Nem isso. Essa gente toma um café horroroso, eu não aguento beber essa coisa aguada servida numa banheira...

— Pois eu aconselho. Tem uma máquina de expresso atrás do balcão — observou o filho, afastando a cadeira para se levantar e ir até o banheiro. — Peça um para mim, que já volto.

— Peço dois. E dois conhaques, pra enfrentar o frio lá de fora na caminhada até o hotel.

— Ótimo!

Pouco depois, de volta à mesa, o rapaz confirmou:

— Os quadros são mesmo sobre as estações. Olhei naquele ali e está escrito em várias línguas, até em português: *Summer, Verano, Été, Estate, Verão*.

Depois de uma pequena pausa, o pai comentou, pensativo:

— Engraçado, eu nunca tinha reparado nisso... Em italiano e em francês, os nomes do verão parecem formas do verbo estar. Como a própria palavra "estação", aliás.

Talvez isso queira dizer que o verão é o melhor jeito de se estar, o estado natural do ser humano.

— Não sei, não. Acho que não tem nada a ver.

Animado com a ideia que o fim de noite lhe trazia, o pai continuava:

— Ou o mais verdadeiro. Em latim, a palavra pra verdadeiro não era *vero*? Verdadeirão, verão. Verano. A hora de ser tudo à vera. Tudo o que vinha antes dele era só preparativo, ensaio, vinha antes da verdade, primavera... O contrário do inferno que era o inverno. Ainda mais num lugar gelado como esta cidade em que estamos. Sorte nossa que, por enquanto, o outono mal está começando e amanhã nós dois já vamos estar longe daqui... Porque se meu trem tivesse que ficar parado nesta estação, nem sei...

Sorrindo, o filho ia reconhecendo o desabrochar de outra faceta típica do pai — a súbita vontade de brincar, de quebrar a seriedade com uma enveredada galopante pelos caminhos da pura galhofa. Não era um comportamento frequente. Mas, quando ocorria, quase sempre acabava trazendo uma explosão de risos ao austero exercício da paternidade. Pelo jeito, o encontro prometia. Tinham pedido a conta e já iam sair dali, mas o rapaz reconhecia no ar os sinais de que aquelas próximas horas podiam virar uma grande brincadeira.

O garçom voltou sem a conta. Acompanhado de outro homem, de terno, que antes estava junto ao caixa com ar de dono e agora parava na frente deles, ouvia as últimas frases trocadas e, para sua grande surpresa, os abordava em português:

— O rapaz não trouxe a nota porque as despesas são por conta da casa. Os senhores são meus convidados. Faço questão.

Pai e filho se atropelaram na reação:

— Mas por quê?

— O senhor é brasileiro?

Em vez da resposta, veio outra pergunta:

— O senhor não esteve no interior de Minas, perto de Governador Valadares, há uns dez anos?

— É possível... Viajo muito.

— Possível, nada. Foi o senhor mesmo. Eu tenho a certeza mais absoluta. Nunca vou esquecer.

— Bom, pode ser, se o senhor tem tanta certeza. Mas ainda não sei que relação isso pode ter...

— Que relação? O senhor pode não saber, mas tem muita relação com a minha vida. Se não fosse pelo senhor e pela sua mágica...

Pai e filho abriram a boca ao mesmo tempo, perplexos, repetindo:

— Mágica?

— Isso mesmo. Eu vi o número de mágica que o senhor fez e sofri um impacto enorme. Nunca mais fui o mesmo.

— Desculpe, mas deve haver um engano — esclareceu o mais velho. — Tenho imenso prazer em conhecer o senhor e encontrar um compatriota aqui tão longe, nesta terra gelada. Mas tenho certeza de que o senhor está me confundindo com outra pessoa, e não posso aceitar sua gentileza de me dispensar da conta baseado nesse equívoco. Eu sou apenas um jornalista. Não sou mágico, nunca dei espetáculos em Governador Valadares, nem apresentei números espetaculares.

O dono do restaurante insistiu:

— Não adianta negar. E não foi em Governador, foi num posto de gasolina na beira da estrada, na saída da cidade. O senhor pode querer disfarçar e ficar incógnito, mas eu nunca vou esquecer sua cara. O senhor é o mágico dos ovos.

Já começando a achar que o homem era meio louco e talvez sua veemência não devesse ser contrariada, o pai disse:

— Confesso que não me lembro... De qualquer modo, muito prazer, mas precisamos ir andando.

— Mas é meu convidado! — repetia o outro. — Imagine se eu vou deixar o senhor pagar... O destino traz à minha casa o homem que mudou a minha vida e eu deixo passar assim, sem mais nem menos? De jeito nenhum! Quando eu chegar em casa e contar à minha mulher que hoje jantou aqui o homem que cozinhava ovo sem água, ela vai até...

— Espera aí! O que foi que o senhor disse? — interrompeu o rapaz. — Ovo sem água?

E, virando-se para o pai:

— Você não lembra? Quando a gente foi para o casamento da Letícia...

Inicialmente apagada, a cena de repente se desenhou vívida na memória de ambos — ainda que os pontos de vista pudessem variar.

Tinham ido de carro até Governador Valadares, onde uma sobrinha/ prima ia se casar no outro dia. Essa etapa foi daquelas típicas de "viagem de família Repinica", como se dizia na época. Pai, mãe e um dos filhos no banco da frente — então inteiriço em quase todos os carros —, e o resto da criançada no de trás, cantando, implicando uns com os outros, se distraindo com jogos que mal ajudavam a passar aquele tempo que parecia interminável. Não havia a garantia de restaurantes ao longo do caminho. Nesses casos, a previdência da mãe sempre levava um farnel com frutas, biscoitos, alguns sanduíches e ovos cozidos. Assim, durante a viagem, foram comendo alguma coisa. Sobraram quatro ovos, ainda nas cascas. Quando chegaram ao destino e o pai foi esvaziar o automóvel, juntou num saco tudo o que ia para o lixo e separou os quatro ovos, guardando-os provisoriamente no porta-luvas do carro, onde acabaram passando a noite, esquecidos de todos.

No dia seguinte, era a grande festa do casamento, que seria celebrado numa fazenda dos arredores, com uma farta comilança mineira. Nova viagem da família Repinica — dessa vez num trajeto muito mais curto, só que em estrada de terra batida. As quantidades de poeira levantadas pela caravana de automóveis davam a sensação de uma tempestade de areia no Saara. A visibilidade para dirigir ficou muito comprometida, as crianças começaram a tossir e a reclamar, o menorzinho chorava com sede, a mãe se queixou de garganta seca. O pai, então, alertado por um círculo vermelho que prometia coca-cola, resolveu parar num posto de gasolina na beira da estrada e patrocinar uma rodada geral de refrigerantes. Não apenas para aliviar o mal-estar de todos, mas também dar tempo para que os outros carros ganhassem alguma distância e parte daquela poeirada assentasse.

Junto ao posto, havia um misto de birosca e botequim, literalmente às moscas. Centenas, milhares delas. Lentas, pesadonas, insistentes no meio do calorão. Pousavam na pele suada e ali ficavam, grudadas, com preguiça de levantar voo, por mais que todos se abanassem. Sobre o balcão, uma camada de gordura garantia que água e sabão eram algo inteiramente desconhecido daquela prancha de madeira. Dentro de uma caixa de vidro, salgadinhos sebentos esperavam os incautos enquanto serviam de campo de pouso para meia dúzia de moscas que tinham conseguido se infiltrar na vitrina. No chão, duas ou três galinhas que passeavam pelo meio das pernas dos fregueses foram rapidamente enxotadas para o terreiro pela dona da venda, mas os montinhos de titica depositados não deixavam que sua passagem fosse esquecida.

Nesse quadro, um dos irmãos se queixou:

— Estou com fome!

Outro logo engrossou o coro, e começaram a olhar com cobiça para os suspeitíssimos pastéis e para uma linguiça dependurada de uma prateleira, salpicada de moscas. Percebendo que não conseguiria escapar de dar alguma coisa para as crianças comerem, a mãe olhou as galinhas ciscando em volta e fez uma sugestão à vendedora, em nome da higiene:

— Será que a senhora não tem uns ovos fresquinhos que possa cozinhar para as crianças?

Na teoria materna, ovo cozido era comida com garantia de limpeza — fervida e em embalagem inviolável. E depois que a mulher mandou um menino lá dentro buscar os ovos e botou uma água para ferver numa panela, todos se dispersaram ligeiramente enquanto esperavam. A mãe foi ao banheiro com uma filha, o pai andou até o carro, os outros irmãos ficaram por ali, trocando olhares com um bando de crianças que os contemplavam com indisfarçável curiosidade.

De repente, voltaram ao mesmo tempo o pai e o menino com uma cestinha de arame, em forma de galinha, com meia dúzia de ovos dentro. Atrás do balcão, a mulher esticou o braço para segurar a alça da cesta, mas o pai a interceptou e perguntou:

— O que a senhora vai fazer?

— Vou cozinhar os ovos, claro! Não foi isso o que a sua senhora pediu? A água já está quase levantando a fervura...

Muito sério, o pai se mostrou espantadíssimo:

— Mas vocês aqui ainda usam esse jeito antigo de fazer ovo cozido?

A filharada logo reconheceu a sutil mudança no tom de voz que acompanhava o leve brilho do olhar paterno e anunciava uma brincadeira. A mãe misturava um certo ar de censura com um encantamento antecipado pela piada que sabia que o marido estava preparando, mas não desconfiava como seria. Os outros espectadores arregalaram os olhos e ficaram imóveis, na expectativa. A vendedora venceu a paralisia do primeiro momento de perplexidade e respondeu com outra pergunta:

— E existe outra maneira de cozinhar ovos?

Rapidamente, o pai começou sua demonstração. Igualzinho a quando fazia mágicas para os filhos, escondia moedas e pequenos objetos, fazia que desaparecessem da mão e reaparecessem atrás da orelha de um ou no meio dos cachos de outra. Falava muito, gesticulava depressa, e num instante já tinha pegado um dos ovos da cesta e o manipulava com cuidado, passando-o de uma mão para outra, soprando nele, e finalmente o segurou debaixo de um braço, que passou a agitar como se fosse uma galinha batendo a asa, enquanto cacarejava:

— Cocorocó!

Em seguida, retirou o ovo da axila, bateu de leve com a base da casca sobre o balcão e o passou para a vendedora:

— Está pronto! Pode descascar...

Enquanto ela, espantadíssima, ia retirando os pedacinhos da casca e constatando que o ovo estava de fato cozido, ele já recomeçava a operação, de novo recorrendo à cestinha e ao arsenal de gesticulação, enquanto anunciava:

— Lá no Rio de Janeiro ninguém mais usa água para ferver ovo, onde já se viu? Isso é coisa de antigamente... Esse novo processo é muito mais rápido, mais econômico, mais sequinho. Realmente muito prático. O ovo fica cozido no calor do sovaco e na energia do cacarejo. Vamos, me ajudem todos com o cocorocó...

O coro infantil foi poderoso:

— Cocorocó!

— Pronto! Mais outro ovo no ponto de descascar...

E passou para o seguinte. A essa altura as crianças locais já estavam quase encostadas nele, de boca aberta, prontas para o próximo cocorocó. Pelo jeito, seriam capazes de assistir a horas daquele espetáculo, dúzias de ovos passando por aquele processo. Mas depois da quarta demonstração, o pai decretou que bastava, os menores já estavam comendo, não podiam demorar, tinham hora marcada e ainda muito chão pela frente. Pagou a conta dos refrigerantes e dos ovos, despediu-se e voltou para o carro com a família. Assim que fecharam a porta, retirou dois ovos de cada bolso do paletó, com todo cuidado, e deu para a mulher guardar no porta-luvas:

— Vê lá, hein? Não vá me sujar tudo aí dentro. Calça bem aí com essa flanela, pra não quebrar...

— Para que a gente tem que levar isso? Por que você não deixa os ovos aí com eles?

— E estragar o efeito da minha mágica? De jeito nenhum... depois a gente tira daí.

Saíram todos rindo, enquanto o pai explicava que tinha lembrado que a sobra do farnel da véspera estava no porta-luvas e viera pegá-la, mas não resistira à brincadeira quando voltou e quase esbarrou no menino com a cestinha. Seguiram viagem, foram para o casamento, e nunca mais tinham lembrado do episódio.

Agora, em outro país e em outro clima, num restaurante aonde pai e filho foram por acaso, aparecia um brasileiro evocando aquela manhã de calor e poeira, revelando:

— Eu era aquele menino que foi buscar os ovos no galinheiro, mas o senhor não pode mesmo me reconhecer...

Sem graça, o pai começou a se explicar:

— Era só uma brincadeira, eu não fiz por mal.

— Eu sei, hoje eu sei... Mas na hora, a gente achou que era verdade. Passamos o dia tentando. Nunca dava certo. Quando íamos quebrar o ovo, estava sempre cru. Ficamos experimentando deixar mais tempo no sovaco, bater as asas mais vezes, gritar cocorocó mais alto, mas não tinha calor nem energia que resolvesse. Acho que quebramos todos os ovos da vizinhança antes de começar a desconfiar que o senhor estava gozando com a nossa cara.

— Desculpe, eu não podia imaginar... jamais tive a intenção... acredite... eu...

— Não, não, por favor... O senhor não deve se desculpar — atalhou o dono do restaurante. — Deixe eu contar o resto da história. No primeiro momento, quando descobri, fiquei furioso, com raiva mesmo. Depois, a raiva virou vergonha. Como é que eu podia ser tão ignorante, tão trouxa, tão idiota? Como se vivesse trancado num quarto sem janela. Como é que não vi logo que aquilo não era possível? Como é que eu acreditava no primeiro sujeito que aparecia, só porque ele estava vestido de terno, falando bonito e dirigindo um carro bacana, com placa do Rio de Janeiro?

— Me desculpe, me desculpe... — repetia o pai, baixinho, envergonhadíssimo com o rumo que a noite estava tomando.

Mas o homem parecia não ouvir e continuava:

— Passei a noite inteira me revirando na cama, sem dormir, e jurei que nunca mais ia deixar uma coisa daquelas acontecer comigo. De manhã cedo, peguei meu caniço e fui pra beira do rio pescar. Na verdade, queria era ficar sozinho, pensando. Mas a Marinete não deixou. Foi atrás.

Vendo que os outros o olhavam, explicou:

— A Marinete é minha irmã. Gente muito fina. Sensível, sabe como é? Parece que ela ouve e vê mais do que os outros, percebe mais, adivinha até o que vai acontecer. E ela não queria me deixar sozinho na beira do rio, porque tinha medo de eu pensar besteira. Aí chegou, sentou junto, foi começando a conversar. Não falou do senhor nem de nada que tinha acontecido. Falou do dia, do sol, da sombra da árvore, dos passarinhos, dos peixes, de tudo que é bicho vivo, do rio. Daí a pouco eu fui entrando na conversa, falando numa vontade que eu tinha e nem sabia que tinha. Uma vontade de um dia fazer que nem aquele rio. Ir correndo sempre adiante, passando por um monte de lugar diferente, até ir dar no mar, que eu nunca tinha visto e não sabia como era. "E depois?", a Marinete quis saber. E eu até hoje lembro que respondi pra ela que depois eu resolvia, porque se eu conseguisse fazer isso já ia ter aprendido muita coisa e podia resolver a minha vida. Ela perguntou se eu estava com vontade de ir pro Rio de Janeiro atrás do homem (que era o senhor). Eu disse que não era nada disso, eu só queria ir era atrás de mim mesmo, mas um mim que fosse mais esperto e capaz de fazer coisas importantes, que naquele fim de mundo eu nunca ia conseguir, era tudo uma ignorância só, não tinha nem escola... Que eu não conseguia nem saber por que uma coisa daquelas tinha acontecido comigo.

Pai e filho ouviam o relato calados, sem saber o que dizer. O dono do restaurante continuava, embalado pela própria história:

— Aí a Marinete começou a dizer que não era isso que eu devia querer saber, que eu estava fazendo a pergunta errada. Mas que, se eu fizesse a pergunta certa, ela também queria me ajudar a procurar a resposta. E que o que eu devia perguntar não era por que as coisas acontecem e a gente não entende, mas pra que acontecem essas coisas que a gente não entende. E se eu quisesse sair de lá pra tentar descobrir, então ela ia querer ir junto, sim. Que ela sempre quis ir mais longe, pra ver o que tinha atrás dos morros. E saber pra onde as nuvens iam e de onde vinham. E onde é que as cores do pôr do sol se escondiam quando ficava de noite. E uma porção de coisas assim, que eu nunca tinha pensado e a Marinete sentia como se a gente fizesse parte de tudo aquilo. Ela ia falando, sonhando acordada, e o mundo parecia tão grande, tão bonito, tão maior que um menino envergonhado por causa de uns ovos cozidos no sovaco de um homem que passou... Então eu falei assim: "Por que você não pede pro pai deixar você ir? Quem sabe você não arruma um emprego em uma casa de família em Belo Horizonte?". Mas ela respondeu que não era nada daquilo, que eu não estava entendendo, era muito mais. E que ela era mulher, o pai não ia deixar mesmo ela ir sozinha, que só se eu fosse... E a ideia foi entrando na minha cabeça. Bom, pra encurtar: acabei saindo de lá daí a uns dias, com um motorista de caminhão. Fui parar no Rio, trabalhei de faxineiro, de garçom, de ajudante de cozinha. Assim que juntei um dinheirinho, mandei buscar a Marinete. Ficamos os dois trabalhando de dia e estudando de noite, depois ela foi descobrindo os caminhos dela, eu fui melhorando de vida. Resolvi fazer o que uma porção de gente que eu conhecia tinha feito e acabei indo trabalhar nos Estados Unidos. Trouxe a Marinete também, ela ficou um ano morando lá comigo. Acabei casando com uma canadense amiga dela, e vim parar aqui.

Deu um sorriso, mostrou o restaurante e disse, com evidente orgulho:

— Hoje, o senhor pode ver, não estou rico, mas estou bem. E resolvi ficar. Porque agora eu já sei responder à pergunta dela. Pra que o senhor passou lá naquele dia e fez aquilo? Pra me deixar com raiva e com vergonha, pra me deixar insatisfeito e cheio de perguntas, com vontade de mudar. Pra eu ver que estava trancado num quarto sem janela. Pra eu querer escancarar tudo, abrir outros caminhos na minha vida, que eu nem imaginava.

Mais aliviado com a conclusão da conversa, o pai disse:

— Bom, fico feliz por ver que Deus, ou o destino, ou o nome que se queira dar a isso, acabou consertando um pouco a besteira que eu fiz. Porque agora foi a minha vez de ficar com vergonha...

— Acho que nós é que vamos sair daqui nos perguntando o sentido dessa coincidência. Nós viemos de longe passar um dia juntos, justamente nesta cidade, e por acaso acabamos entrando no seu restaurante... — comentou o filho. — Para quê?

— Pra serem meus convidados, claro! Entendem agora por que eu não posso admitir que paguem a conta? Num restaurante vem gente de todo canto. Sempre achei que, se um dia o senhor entrasse por aquela porta, era porque eu tinha que lhe agradecer.

Despediram-se, o homem os ajudou a vestir os sobretudos pesados. Junto à porta giratória, logo antes de saírem, o filho não aguentou mais de curiosidade e fez a pergunta sobre o que o intrigara a noite toda:

— De quem são esses quadros?

— São da Marinete, claro! Quer dizer, Mara Miranda, como ela assina agora. Eu não disse aos senhores que ela veio estudar pintura em Nova York? Pensei que tinha dito. Pois veio. Ficou um ano. Quatro estações. E eu acho que ela encontrou aquelas coisas que vivia procurando: o que fica atrás dos morros, as nuvens que ainda não vieram ou já foram embora, as cores escondidas... Só que ela diz que não encontrou resposta nenhuma, mas agora desconfia pra que vive perguntando. Mas disso quem não entende sou eu...

Pai e filho apertaram a mão do homem e saíram caminhando em silêncio pela calçada. Depois de poucos passos, exclamaram ao mesmo tempo:

— Mas que coincidência incrível!

Riram da nova coincidência, por terem falado juntos. O filho comentou:

— Quando você contar lá em casa, o pessoal nem vai acreditar.

— Pois é... A probabilidade de acontecer uma coisa dessas deve ser remotíssima. Sei lá... Como a história do homem que sai do trem por um minuto pra caminhar na plataforma de uma estação numa cidadezinha de um país estranho, sente uma tontura, vai molhar o rosto, e quando volta do banheiro o trem foi embora com tudo dele a bordo. Mas por causa disso encontra a mulher da vida dele.

    Numa caricatura de oratória solene, o filho brincou:

    — Ou seja, é infinito o que pode se esconder numa estação...

    E passou o braço sobre o ombro do pai, puxando-o para si e reparando pela primeira vez que estava mais alto do que ele. Era bom, porque desconfiava que o velho a essa altura precisava desse apoio, de um consolo disfarçado, para apagar o restinho de vergonha da brincadeira tão remota. Coisa de menino levado.

A melhor parte

— Quem parte, reparte, e não fica com a melhor parte... ou lhe sobra siso, ou lhe falta arte.

Maria estranhou o jeito solene com que tia Margarida falou, como se estivesse ensinando alguma coisa. Uma lição que também tinha duas partes. A primeira, fácil de entender. Falava de partir, repartir, escolher o melhor. Mas e o final da frase? Não fazia ideia. Siso era o nome de um dente. Lembrava que o pai tinha explicado isso quando o porteiro do prédio apareceu de cara inchada e teve de ir ao dentista. Mas o que isso tinha a ver com arte? E com a divisão do último pedaço de torta que tinha sobrado, enfeitado com o último morango que as duas irmãs disputavam?

A tia continuava:

— Sabedoria familiar, minha querida... Aprendi isso com a minha avó, quando era pequena.

Ao corrigir a cunhada, o comentário da mãe tinha um leve tom de reprimenda — ou era impressão da garota? De qualquer modo, era um princípio já conhecido de toda a família.

— Pois o que aprendi com minha mãe foi um pouquinho diferente, e as meninas já estão acostumadas: um divide, outro escolhe.

Era isso mesmo, e Maria já estava pensando na divisão do morango ao meio, quando a mãe se dirigiu a Marta:

— Você divide, sua irmã escolhe...

Maria preferia assim. Escolher era melhor. Sempre. Mesmo se houvesse surpresas como dessa vez, em que Marta deixou o morango inteiro junto com o pedaço menor de torta. Claro, era de nozes, a preferida das duas. Valia mais que o morango meio ressecado.

Quase sorrindo, a caçula estendeu o braço e puxou para si o prato em que o triângulo tentador não estava enfeitado com a frutinha vermelha macia... Viu o ar desapontado no rosto da irmã, vítima da própria tentativa de esperteza, tendo de se conformar com o pedaço menor. Mas não iam brigar por causa de uma fatia de torta.

Brigavam pouco — quer dizer, briga pra valer. Porém implicavam muito uma com a outra. O tempo todo. Tão diferentes, tão iguais. Marta bagunceira, Maria com mania de arrumação. Marta madrugadora, Maria querendo luz acesa para ler na cama até tarde. Marta rebelde e respondona, Maria bem-comportada e boazinha. Marta séria e estudiosa, ciosa dos momentos em que conseguia ficar sozinha, lendo. Maria sorridente e prestativa, sempre se oferecendo para ajudar nas tarefas domésticas e deixar a lição de casa para depois.

Talvez por ser caçula, talvez pelo temperamento, Maria era a preferida dos tios e avós. Já entravam em casa procurando por ela:

— Cadê a minha bonequinha?

Marta ficava com ciúme, querendo se mostrar. Trazia o boletim, os cadernos, tocava a última valsinha aprendida no piano, exibia o desenho elogiado pela professora. Mendigava um olhar, um elogio. Assim que conseguia, começava a se sentir melhor. Mas antes que se acalmasse, Maria já estava fazendo gracinhas, se aconchegando carinhosa, percebendo que precisava pescar logo a atenção daquele adulto, antes que todos se esquecessem dela. Tinha medo de que Marta começasse a falar, contar casos e roubasse a cena, e ninguém mais olhasse para ela.

Quando estavam sozinhas, tinham a sua própria matemática e com ela cresceram. Alguns duplos. Várias metades. O quarto dividido. O terço compartido em todos os seus mistérios e glórias. As quintas e os quintais dos passeios com a família. As oitavas nas aulas de piano. As razões proporcionais. Os denominadores comuns.

Me empresta a meia?

Peguei sua blusa preta.

Essa sua calça nova fica bárbara com meu blazer.

Se você não for sair com o colar verde, acho que vou com ele.

Não acha que minha bolsa combina mais? Vá com ela.

Com sua sandália alta fica melhor, vou trocar.

Experimenta meu batom novo.

Cursos diferentes na faculdade. Horários novos. Duas paralelas cortadas por uma transversal. Ângulos totalmente diferentes. Mas complementares.

Foram dividir um apartamento. O pai chegou de surpresa quase na hora do almoço, convidando:

— Vamos comer no italiano?

— Não precisamos sair. Num instante eu ajeito alguma coisa pra gente comer aqui — disse Maria.

— Não precisa, minha filha. Estou com pouco tempo. A gente desce e almoça aí na esquina.

— Não, não, eu faço questão... E tem uma sobremesa que você adora...

Estava feliz porque justamente na véspera tinha encontrado um doce em calda, de laranja da terra. Um dos favoritos do pai.

— Então, enquanto ela prepara o almoço, eu lhe mostro uma coisa. Venha ver a nossa estante nova — chamou Marta.

E na estante, os livros. E a partir dos livros, os assuntos. Pai e filha ficaram lá dentro conversando. Papo gostoso, deslizante, sem pressa. Os dois na sala, animados, falando de política e de economia.

Maria sozinha entre o fogão e a bancada de granito da cozinha. Irritação crescente. Chegou até a porta e pediu:

— Vem me ajudar, Marta...

— Já vou. Num instante estou indo. Deixe eu acabar o que eu estou contando...

O tempo passava e nada. A irmã não vinha. Não que precisasse. Mas não era justo Maria ficar sozinha trabalhando. A outra tinha que vir fazer a sua parte.

Voltou à carga:

— Pai, diz à Marta para vir me ajudar, em vez de ficar aí jogando conversa fora.

— Então vamos todos para a cozinha... — sugeriu ele.

— Não, eu já fiz um pouco e adiantei as coisas. Agora é a vez dela...

— Fez porque quis. Quem mandou se oferecer? A gente podia ter saído, como o papai queria.

— Vocês duas não vão discutir por causa disso, não é?

— Claro que não. Eu só me ofereci para fazer alguma coisa porque estava querendo te agradar, fazer alguma coisa especial. Mas pensei que a Marta vinha me ajudar. Só que, em vez disso, ela preferiu...

O pai riu.

— Vocês estão iguaizinhas à Bíblia, só que ao contrário. Porque desta vez quem escolheu a melhor parte foi a Marta.

As duas irmãs se entreolharam, com cara de quem não estava entendendo, mas conheciam o pai que tinham. Sabiam que agora vinha uma explicação. E ele contou um episódio bíblico em que Jesus chegou à casa de Lázaro e foi recebido pelas duas irmãs dele. Mas na história quem ia para a cozinha era Marta, enquanto Maria lavava os pés de Cristo e os enxugava com seus próprios cabelos, antes de passar óleo neles. Então, quando Marta reclamava porque estava trabalhando sozinha, ouviu a seguinte frase: "Nada lhe será tirado, porque Maria escolheu a melhor parte".

Seria mesmo? Como quando eram crianças? Afinal, foi ela mesma quem partiu, repartiu e não ficou com a melhor parte — como lembrava tia Margarida. Talvez lhe sobrasse siso, ou lhe faltasse arte. Ou será que seguiram o exemplo da avó materna?

Maria dividiu. Marta escolheu. Era só escolher bem daí para a frente. Ou aguardar o momento em que viria para a sala, trazendo com cuidado a travessa fumegando, cheirando a cebola, azeite e mares distantes. E ouvir mudos aplausos no olhar e no sorriso do pai. Sempre a melhor parte.

Ou não?

Burrinho de presépio

Desde pequena tinha aprendido a se portar de maneira contida. As freiras faziam questão. Olhos baixos, fala mansa, gestos curtos. Às vezes era difícil segurar a alegria ou a vontade de compartilhar alguma ideia com as amigas. E lá vinham bilhetinhos na sala de aula. Cochichos na fila no fim do recreio. Caretas, piscadelas e risos durante a missa na capela.

— Recolhidas como a Virgem na lapinha! — ensinava irmã Vicência. — Vejam e aprendam. Ela está num êxtase de felicidade, no momento mais sublime de sua vida, e não fica saltitando nem rindo à toa.

Glorinha olhava o presépio e achava que nunca ia aprender. Mais que as figuras humanas de adultos envoltos em mantos ao redor da palha da manjedoura, o que a atraía eram os bichos e as crianças, com suas promessas de movimento e alegria. O boi e o burro respirando para aquecer o bebê. Os camelos cobertos de arreios, levando presentes dos Reis Magos. Os carneirinhos peludos trazidos pelos pastores. O galo encarapitado no alto do telhado. Patinhos num lago feito de espelho, cercado de brotos de alpiste, verde verdade num cenário de papel, a simular caniços num brejo. Tudo em homenagem ao Menino Jesus que nascia, deitado no feno, agitando braços e pernas.

Acima de tudo, a dança dos anjinhos pendurados junto à estrela, desenrolando uma faixa com seu cântico. Parecia endereçado a ela, como se fosse um recado pessoal. Até trazia seu nome: "Glória a Deus nas alturas e paz na terra aos homens de boa vontade".

Uma estatueta, porém, se destacava e chamava a atenção. Essa, sim, se movia mesmo: o burrinho que mexia a cabeça para cima e para baixo. Dizia amém para as orações, explicava a freira. Agradecia pelas esmolas, dissera o padre. Tinha uma ranhura, como um cofre. Cada vez que uma moeda caía lá dentro, ele assentia. Um modelo. Mostrava como é possível se portar bem. Em silêncio, concordando, sem estardalhaço.

Glorinha cresceu e aprendeu. Adulta, falava baixo. Olhava de banda, de soslaio, de esguelha. Ria à socapa, dissimulando qualquer desejo de bandeiras despregadas. Andava silenciosa, quase na ponta dos pés, a deslizar furtiva e chegar inesperada junto a qualquer grupo.

Ficou viúva cedo. Criou o filho sozinha, nos desertos do silêncio. Envolveu-o num amor onipresente mas guardado a sete chaves. Parco de carícias. Imune a derramamentos. Sub-reptício e encoberto. Feito de ternuras enviesadas e disfarçado por artimanhas mudas.

Forjou em Gabriel um homem parecido com ela. Herdeiro de seus modos. Intenso e comedido. Trancado.

A máscara quase se derreteu no dia em que ele chegou do trabalho com meio sorriso implícito e um brilho recôndito nos olhos. Não parava mais em casa. Saía muito. Voltava tarde. Começou a cantar no chuveiro. Nunca tinham tempo suficiente para que ela pudesse, aos poucos, puxar o assunto e descobrir o que poderia estar acontecendo com ele. Não podia acreditar que apenas a perspectiva de uma promoção no emprego estava deixando o filho daquele modo, a ponto de saltitar de animação.

Foi tudo rápido demais. Parecia que, poucos dias depois, Gabriel já estava lhe apresentando Letícia. Toda sorrisos. Perfumada de capim-cheiroso. Cheia de perguntas e expectativas, olho no olho pelas respostas. Vestido leve e colorido. Sandálias nos pés nus. Pele escandalosamente dourada do sol.

Um vulcão. Avalanche. Tsunami. O pacote completo: promoção no emprego, remoção para outra cidade, casamento imediato. E Gabriel tão feliz no meio daquilo tudo que não era possível outra reação amorosa que não fosse ir a reboque dele, no embalo. Mas nem isso Glorinha conseguia manifestar. Apenas fazia o que fosse necessário, ajudava e se recolhia. Segurava os ímpetos de abraçar o filho, as palavras de saudade antecipada, a vontade de afagá-lo. E aguentava firme o desejo inconfessado de um dia dar o troco, se vingar daquela moça que, de uma hora para outra, levava embora seu bem mais precioso.

Quando o casal partiu, Glorinha ficou com seu vazio. Aprendeu a usar o computador para se comunicar com eles. Acompanhava de longe como podia. Comedida, dava apenas pequenas notícias do cotidiano.

Jamais deixou que desconfiassem do mundo invisível que guardava em si. A essa altura já o chamava, para si mesma, de seu inferno particular. De vez em quando, ele transbordava, escorrendo lentamente dos olhos. De início, uma ou outra gota, tímida. Depois, foram ficando habituais. Meia dúzia que fossem, para Glorinha eram cachoeiras ocultas. Continuava sem demonstrar a ninguém. Mas se comovia à toa quando estava sozinha — vendo uma cena da novela, ouvindo uma música, lendo um livro. Derramava o sumo de uma vida inteira de gestos represados.

As netas foram nascendo — uma, duas, três. Uma vez por ano vinham todos visitá-la. Uma ou outra vez, Glorinha foi passar umas semanas com eles. Mas neste ano, pela primeira vez, viriam no Natal. E iam festejar na casa dela.

A avó quis uma festa completa. Com bacalhau, peru, castanhas, bolo, fios de ovos, muitas frutas. Uma árvore de Natal cheia de cores e brilhos. Presentes escolhidos com carinho. E um presépio, como nunca mais tinha feito desde que Gabriel era criança. Mas esperou que as netas chegassem, para ajudarem a montá-lo e a arrumar a árvore. Parte da festa infantil.

Chegaram na própria semana do Natal. Logo vieram preparar tudo. Três meninas barulhentas, sem modos. Tagarelas e beijoqueiras em algazarra de pardais. Às voltas com imagens, bonequinhos, cartolina, papel crepom, tesoura, lápis de cor. Entre pulos, correrias, gargalhadas, sujando a sala de purpurina e pedacinhos de papel.

— Vem, vó, ver uma surpresa — chamou a mais velha.

Era a faixa que os anjos carregavam: "Vó Glorinha e Deus nas alturas, e os pais na terra. Com boa vontade".

A avó teve de rir. De repente, se emocionou.

— Ih, pai. Você não disse que sua mãe não chora nunca? — estranhou a do meio.

E a mais moça:

— É um milagre? Milágrimas de Natal.

Glorinha assentiu, calada. Como o burrinho que não havia no presépio. Sabendo que era vingança, não milagre.

Desforra da infância, que os anos cada vez trazem mais.

O.k., você venceu

O.k., você venceu...

De goleada. Foi tudo exatamente como você quis. E ninguém pode acusá-lo de nada nem dizer que você a traiu, Vicente.

Se agora a Franca se achar enganada, é claro que enganou a si própria porque quis. Culpa dela mesma, já que a esta altura da vida, mulher madura, tinha a obrigação de não ser ingênua.

Foi tudo sempre claro e transparente. De acordo com o pacto. Tudo conforme o que já vinha sendo discutido e conversado entre vocês dois ao longo de quase vinte anos. Amor não pode ser prisão. Um não é dono do outro. Todo mundo é sujeito a uma tentaçãozinha de vez em quando. Acontece e não tem nada de mais. É natural. Uma transa ocasional não tira pedaço. É só manter o respeito. Ter consideração e não humilhar o outro. Não ciscar no terreiro comum. Não se expor aos amigos e conhecidos. Não alimentar intimidades. Não confundir tesão com clima amoroso, como mulher tem mania de fazer — isso, por exemplo, foi coisa que você explicou a ela várias vezes, na maior paciência. Apenas transa de uma noite, vivência de liberdade. O importante era variar bastante para evitar repetições, hábitos e a sensação de posse ou de direitos adquiridos por parte de uma eventual parceira. Ou parceiro. Nada de relações paralelas, isso jamais. Mandamentos simples. Na maior clareza. Com todo o carinho e cuidado de evitar situações que pudessem ferir o outro.

Sempre deu certo. Você nunca deu uma de machista, exigindo todos os direitos exclusivos. Sempre entendeu que era um trato igual, de parte a parte. Sem demanda de exclusividade. E a Franca nunca te afrontou, é bom que se reconheça. Sempre discretíssima. Nunca criou caso com as suas escapadas. E, nas dela, jamais deu margem a que alguém pudesse fazer um comentário gozador sobre você. Corno, não. Moderno. Um casal que construía uma relação em que o amor verdadeiro inclui ser razoavelmente livre e admiravelmente honesto.

Desde que houvesse respeito mútuo, dava para você e a Franca serem cúmplices leais, como sempre foram. Correndo riscos, de parte a parte. Isso era do jogo. Mas galopando dentro dos limites da sensatez. E da ética, evidente, esse sempre foi um dos orgulhos supremos. Só menor do que a certeza do amor, na liga bem temperada que deu solda.

Importante não mentir. Saber que, se houvesse algo a saber, o outro sempre era o primeiro. Aliás, primeiro em tudo. Prioridade total nas escolhas. Não precisava sair contando, dando detalhes. Mas às vezes valia a pena descer a algumas minúcias. Ainda mais porque, às vezes, era justamente um ou outro desses detalhes que depois dava um gostinho muito especial aos novos encontros entre vocês dois na cama. Como descrever uma fantasia ou narrar um sonho erótico. Mas o combinado nunca foi chegar e ir contando tudo, espontaneamente, como quem se gaba e joga na cara do outro. Não, sempre foi muito delicado e amoroso. Só não podia mesmo era mentir — aí é que estaria a traição. Se houvesse perguntas, jamais faltar à verdade.

Quem mandou a Franca não perguntar? De certo modo, culpa dela.

Se tivesse perguntado, teria sabido logo.

Mas também não fazia mal, era só uma repetiçãozinha à toa. Borbulhante mas sem embriagar. Nada de champagne. Apenas um suco saboroso e perfumado. Leve. Um refresco. Refrigerante. Com gosto de travessura infantil e festa de aniversário. Quem bebe Grapette repete. Fácil de entender. Nada de mais.

Não tirava pedaço. Nem tirava nada da Franca. Dessa vez estava sendo uma exceção, mas a situação era diferente. Fugia à regra. Vocês dois não estavam mesmo podendo transar por umas semanas. Primeiro, porque ela estava no hospital. Depois, tinha todo aquele pós-operatório complicado, cicatriz, risco de infecção. E talvez ela nem mesmo fosse ter mais tesão nenhum, como é que um homem pode saber o que acontece com uma mulher de meia-idade quando tem que tirar o útero? Mexe com os hormônios todos. Era capaz de ela nem sentir falta.

E tinha também o seu lado, Vicente. Não dá para esquecer. Um homem tem de levar isso em conta. Afinal, você não passara por nenhuma cirurgia e, depois da visita à convalescente, saía leve e solto por esta cidade tentadora. Em pleno verão. Naturalmente louco para exorcizar aquele clima de hospital e aproveitar muito enquanto não chegasse a eventualidade de também ter que um dia sofrer uma operação nessas áreas delicadas — bate na madeira e vira essa boca para lá. Uma reação humana perfeitamente compreensível. Esses momentos de ameaça à saúde e proximidade com a morte fazem a gente pensar besteira. Passa fora, xô!

Como é que a Franca podia passar por uma dessas sem perceber o risco que podia estar correndo? Desligar a ponto de nem controlar? Como se nem se importasse.

Com ela de volta em casa, complicou. A Kelly telefonava, exigia malabarismos, esgueiradas, saídas súbitas, voltas tardias. Puxa, Vicente, como foi que você aguentou driblar tanto? Claro que ficou tenso, irritado, de mau-humor. Coisa que, aliás, era um ótimo pretexto, como você logo descobriu. Era só ficar bem implicante, bancar o insuportável, criar um caso, dar umas boas broncas, e o clima ficava pesado. O jeito era sair para espairecer. A saída dava até um alívio doméstico. Mais um pouco, a própria Franca estaria sugerindo que você fosse se distrair, aliviar o estresse.

Também, quem mandou a Franca não desconfiar?

Estava muito bom. Muito bom, não, ótimo! Para você, claro. A não ser por um vago remorso, essa coisa de culpa, invenção da sociedade judaico-cristã. Mas de leve. Dava para aplacar com a certeza de que você não estava traindo. Como repetia para si mesmo a todo momento: fazia parte do jogo, estava dentro do combinado. Afinal, vocês dois tinham um pacto, e ela não perguntara nada. Então você não precisava mentir.

E tem mais, talvez até a Kelly tivesse razão: vai ver que essa confiança cega da Franca era desamor, prova de que, no fundo, não ligava para você. Quem ama controla. Cuida do que é seu. Onde já se viu uma mulher ter um homem como você e deixar correr solto? E vai ver que a Kelly também estava certa em outra coisa — talvez você também não amasse mais a Franca. Era só hábito, interesses econômicos comuns, mesmice. Podia ser que aquela história do tesão ter mudado por causa do tempo (e daquela intimidade prosaica de pós-operação) fosse mesmo só conversa fiada. Amor que é amor tem sempre um sexo do caralho. A toda hora. Pra vida toda. E é só isso o que segura um homem e uma mulher juntos.

Mas talvez não. Você ainda gostava muito da parceria com a Franca, do companheirismo sem condições, da amizade irrestrita, do humor cúmplice. Adorava conversar com ela, muitas vezes se divertia muito quando estavam juntos. E eventualmente até se surpreendia em sentir por ela tanto carinho que até dava um aperto no coração, um derretimento por dentro e um certo tesão. Diferente, claro. Mas inegável. Só dava para negar com malabarismos de argumentos forçados, a tentar provar que ele não existia nem ia existir de novo nunca mais.

Era natural que você não quisesse perder nada disso, Vicente. Nem de um lado, nem do outro. Que apostasse alto para manter tudo o que estava tendo. Que a certa altura decidisse correr o risco de contar a ela, para garantir que a revelação seria por meio de sua versão amena e carregada de justificativas, e não pela súbita descoberta num flagrante, coisa que então seria imperdoável.

Valeu a pena. Porque você jogou todas as suas fichas nessa conversa, certo de poder contar com a confiança da Franca. E jogou bem, Vicente, porque não falhou. Ela esteve à altura da história de vocês e não o desapontou. Chorou muito, disse coisas agressivas, ficou abaladíssima, passou noites sem dormir. Mas em nenhum momento disse que você era um escroto ou um filho da puta, nem se achou traída. Magoada, sim. Com medo de te perder, sem dúvida. Mas traída, não. Disposta a entender para continuar sendo sua cúmplice.

— É uma merda, mas que jeito? Paixão é isso mesmo, a gente não manda nela, é um acidente que acontece, feito atropelamento. Você foi brincar com fogo, se queimou. Devia ter tido mais juízo. Agora a merda está feita.

— Mas não é paixão, é só uma brincadeirinha gostosa, sem futuro nenhum...

Dava para ver no olhar da Franca que ela não conseguia mais confiar em você como antes. Mas ficou firme. À altura do novo desafio.

— Vá viver isso, até consumir e gastar. Se não for, vai ficar sempre o gostinho do proibido, e aí não tem jeito. Acaba durando mais do que precisava. Vamos, vá em frente. Saia de casa e encare morar com ela. Vá de uma vez.

Você podia ter ido. Mas teve medo, Vicente. Medo de pagar pra ver e enjoar da Kelly, ela às vezes enchia o saco mesmo. Pânico de perder a Franca na experiência. Onde ia encontrar outra mulher assim? Tratou de deixar muito claro que não tinha a menor intenção de se separar dela. Que ela continuava sendo sua prioridade total. Que você só queria mesmo era se divertir um pouco mais. Que sabia administrar perfeitamente a situação e ela podia confiar, deixar por sua conta. Que você garantia que ia manter vivo esse amor de tanto tempo, regado e adubado diariamente. Que viver com a Kelly não estava nos seus planos, de jeito nenhum. Seria insuportável. Para começar, ela nem entendia você de verdade, seus anseios pessoais, suas fraquezas, suas pirações, seus medos mais ocultos. E ainda por cima, era uma controladora — embora ótima companhia nos novos jogos sexuais secretos e inconfessáveis... (Mas confessados à Franca, na cumplicidade reiterada.) Dava para jurar à Franca que ia levar o andor com todo cuidado, como se fosse cristal.

Jurou.

Quem mandou a Franca acreditar em juras de amor a essa altura da vida? Não devia. Já tinha idade para ter aprendido e não cair nessas conversas.

Ela já adubava e regava tanto, com tanta compreensão, que vocês se arriscariam a afogar a plantinha frágil se você ainda fosse manter o prometido e fazer o mesmo.

Mas bem que você administrou, Vicente. Qualquer um reconheceria isso. Recusou o divórcio quando mais tarde a Franca falou no assunto. Onde já se viu, fazer partilha sem necessidade, só para proteger um casamento que não acabou? De jeito nenhum. Como pai, você defendeu o patrimônio conjunto dos dois e dos filhos. Sem cair nos argumentos dela, a mãe, que queria preservar era o matrimônio. Só mesmo quando a Kelly quis ter bens em comum com você, fazer uma sociedade numa empresa, foi que você achou interessante e mudou de ideia. Mas aí, a Franca também mudou de opinião. Desistiu do divórcio. Vá alguém tentar entender. Cheia de idas e vindas, como quem não sabe o que quer.

 Por algum tempo. Aguentou coisas que nem dá para imaginar. Sempre com aquele papo de respeito por você, carinho, cumplicidade, um monolito de ética. Inflexível e rígida.

 Até que você criou novos hábitos. Pegou gosto por novas práticas. E partiu para novas brincadeiras com novas amigas. Tinha de ficar toda hora no telefone aplacando a desconfiada da Kelly, que de boba não tinha nada e controlava de perto, mantendo cabresto curto, chicote na mão, correia pronta. Mas até telefonemas viravam também uma nova forma de brincar. Divertido. A Franca não tinha as suas brincadeiras? Fazia curso de cerâmica, almoçava e jantava com amigos a toda hora, saía para dançar, viajava sozinha. Pois você também tinha as suas. E dava a Kelly um pouco do próprio remédio que ela lhe receitara. Cada vez mais divertido.

 Foi exatamente aí que você venceu, Vicente.

 Você mesmo ainda nem sabe. A Franca acabou de constatar. Foi hoje, agorinha, há pouquinho, num dia ensolarado de outono carioca. De entardecer dourado. No meio de uma conversa num quiosque da orla. Subitamente refletido no mel do olhar de um velho amigo, ex-colega de faculdade, conhecido de tantos anos, com quem ela já saíra algumas vezes, sem nem desconfiar dos novos tempos que se instalavam.

Mulher mais sem jeito...

Quem mandou não reparar no risco que estava correndo?

O.k., você venceu. Mesmo. Por completo. Sem apelação.

E depois de passada a data do vencimento, perdeu toda a validade. Fim do prazo. Expirou. Não dá mais para renovar.

Além das fronteiras

Quando foi comprar peixe naquela primeira manhã, Marina nem imaginava o mistério em que estava embarcando. Nem quem a adotaria.

Sabia apenas que inaugurava uma fase nova na vida, recém-instalada numa cidade pequena onde nunca esperara morar nem jamais pensara que viesse a ter qualquer coisa a ver com sua história. Fase provisória, etapa passageira. E agora ali estava, entre a maresia e os gritos das gaivotas.

Desde pequena gostava de ver aves voando. Era capaz de ficar um tempão na laje de casa ou no quintalzinho modesto da avó, deitada na quentura do cimento áspero, flutuando no chão duro, com o olhar enterrado no alto entre a maciez das nuvens. Embevecida, era como se todos os ruídos da vizinhança sumissem. Ficava mergulhada num mundo de silêncio particular, só quebrado por algum grasnar, um barulho de panelas brotando da cozinha ou, às vezes, os acordes e as escalas que vinham do bandolim do pai ou do cavaquinho do irmão. Sempre estava um dos dois a ensaiar para a roda de choro que alternava com o samba de roda. Marcavam os almoços de sábado em que os amigos se juntavam entre cerveja e feijoada. Trilha sonora da infância, tão aconchegante quanto os fados que o avô lhe tocara acompanhado pelo mesmo bandolim, nas noites em que a ninava, bem pequena, para acalmar a neta dos medos noturnos do assombroso Tutu Marambá, que vinha do repertório da avó.

Menina, sempre gostara de perder o olhar no azul, ver as nuvens que passavam. Formas que desafiavam ideias ou despertavam imagens — urso polar, rebanho de carneirinhos, torre de castelo ameaçador. Mas gostava ainda mais quando havia pássaros. Quase sempre urubus de asas abertas girando em círculos, sozinhos ou em bandos, subindo, subindo como se estivessem parados, só carregados pelo vento, até ficarem cada vez menores, pontos diminuindo no alto do céu. E, mais que tudo, a beleza dos biguás arrumadinhos, a formação em V, conforme o horário do dia indo ou vindo de uma ilha na baía de Guanabara para dormir pousados nas graves e velhas árvores do parque suburbano ali perto, quase ao pé do morro.

Agora, na varandinha para a qual se abria o pequeno apartamento, sentada diante de uma mesa rústica limpando peixe, ouvia as gaivotas e via várias delas cortando o céu, ou mergulhando súbitas nas águas claras do Mediterrâneo.

Um mar tão diferente, clarinho e manso. Nunca pensou que viesse a estar ali um dia. Quando usou o passaporte português para tentar a vida na França como manicure e esteticista, quem sabe até um dia abrindo o próprio salão de beleza em alguma *banlieue*, não imaginava que iria encontrar Mathieu. E que os dois acabariam vindo parar ali, numa cidadezinha de pescadores, apertada entre uma encosta de pedra e o mar.

Os três meses de experiência tinham dado certo. Agora ele fora contratado, o casal podia se mudar e alugar seu próprio cantinho. Bem a tempo, porque ia começar o verão, eles precisavam sair daquele apartamento emprestado por um amigo. E ela conseguira um trabalho num salão que já se preparava para os meses da temporada turística.

Ia ser bom. Mas Marina sabia que ia sentir saudade daquela paisagem linda, de jantar na varanda aberta diante de toda aquela água tão clara se estendendo a perder de vista, para além dos telhados desencontrados do casario. Um mar pelo meio da terra, amigo, abraçando os barcos no pequeno porto. O vilarejo era pequeno, tudo ficava perto. Ela poderia vir fazer compras de vez em quando no velho mercado, coberto mas sem paredes, onde a profusão de peixes e frutos do mar acabados de chegar dividia espaço com queijos e verduras, frutas frescas e secas, folhagens e carnes. Poderia sempre caminhar ao longo da amurada da praia na pequena enseada, até a massa imponente do velho forte na ponta de rochedos que avançava sobre a água. Ou vir com Mathieu tomar um copo de vinho num dos cafés da pracinha.

Mas agora iriam se mudar. Morar fora das muralhas renascentistas e longe daquela vista. E não teria mais a companhia daquela ave marinha que costumava aparecer do nada, como agora, com evidentes intenções gulosas, a esvoaçar em ocasionais mergulhos ameaçadores. Era um fiel visitante desde a primeira semana. A começar pelo dia, logo que chegaram, em que Marina lhe oferecera, no parapeito da varanda, as tripas recém-arrancadas do peixe que limpava para o jantar.

— Calma, o que é seu já vem... — disse ela, rindo.

— O que foi? — perguntou Mathieu, se aproximando com uma garrafa de vinho.

— Estou falando com o gaivotão.

— *Cormoran, ma chère, cormoran...* — corrigiu ele, cheio de erres. — Gaivota é diferente. Menor, branca. Esse é *cormoran*, já lhe expliquei.

— Eu sei, mas esqueço. Dá no mesmo.

— *Cormoran* é pescador.

— Gaivota também é. Para nós, pássaro que pesca é tudo gaivota.

Mas sabia que não era a mesma coisa. Tinham até olhado juntos na internet. Aprendera que na Ásia tradicionalmente os pescadores treinam cormorões para pescar e lhes trazer o que conseguem: colocam argolas nos pescoços das aves para que não consigam engolir a presa que apanham. Descobrira até mesmo que os índios brasileiros chamavam os cormorões de biguás — e eram esses os bandos que via em revoada enfileirada quando era criança, voltando no fim da tarde, do fundo da baía para a Quinta da Boa Vista.

Tudo tão distante agora. Sua Boa Vista era outra.

Deu para o animal a sobra do peixe que limpara, foi para a cozinha, Mathieu veio ajudar temperando a salada. Quando voltaram à varanda para jantar, já anoitecia. Viram escurecer, as luzes do porto se acender. Ficaram bebericando um Chablis, conversando, ouvindo música, ecos do que parecia um bandolim trazendo melodias suaves. Uma boa despedida do lugar. No dia seguinte, endereço novo.

Na outra semana, em outra cozinha, sem varanda, em outro lado da cidade, ainda alcançada pela maresia mas mais longe do mar, na hora de limpar uns peixes para o jantar levou um susto. Ouviu um grasnido seguido de um rufar de asas. E o cormorão pousou no parapeito da janela. Ele mesmo. Inconfundível, com sua manchinha no alto da cabeça.

— Meu biguá! — exclamou, comovida.

Separou um dos *rougets* que estavam na bancada da pia, deu inteiro para o pássaro. E chamou:

— Mathieu, venha ver... Nosso cormorão...

Surpreso, o rapaz ainda perguntou:

— Como será que ele nos encontrou?

Nunca descobriram. Nem nesse dia nem em nenhum dos outros em que o visitante tornou a vir. Muitos.

Marina só teve uma certeza: fora adotada. Além das fronteiras.

Tratantes

Não dormiu bem. Acordou muito cedo, toda suada. O ar-condicionado não estava funcionando. Fazia um barulhão e não refrescava nada. O técnico já prometera umas duas vezes que viria e não apareceu. Igualzinho ao marceneiro que garantira vir logo ver a porta do armário e acabar com aquele rangido desagradável toda vez que se abria. Jacaré veio? Nem ele. A gente confia, espera, o tempo passa, não aparece ninguém. São todos uns tratantes. Incapazes de cumprir um compromisso.

Daí a pouco ia se levantar. Já estava sem posição na cama, virando de um lado para outro. Desde antes que os passarinhos começassem a cantar. Lembrou da neta e sorriu no escuro. Recordou como uma vez a menina lhe explicara que gostava de dormir na casa da avó porque, se acordasse antes de todo mundo, tinha muito passarinho no quintal para ouvir. Aí ela tinha certeza de que em pouco tempo clareava, porque já era cedinho. Em sua própria casa, ela nunca sabia se já era cedinho ou se ia demorar muito a amanhecer e até os pássaros estavam dormindo, porque ainda era cedão.

Pois nesse dia a avó acordara cedão, antes do cedinho. E cansara de ficar na cama sem fazer nada. Resolveu ler um pouco. Acendeu a lâmpada na cabeceira, pegou a Bíblia, abriu a esmo, como às vezes fazia. Teve o cuidado de abrir mais para o princípio do livro. Distraía-se mais com o Velho Testamento, aquelas histórias movimentadas, cheias de peripécias e traições.

Quando percebeu, já se passara um bom tempo. Chegava-lhe às narinas o chamado da refeição que Hermínia preparava na cozinha. O aroma do café fresco que se exalava do filtro de papel enquanto a bebida pingava na garrafa térmica. O perfume das laranjas recém-espremidas, que logo seriam refrescadas na geladeira. E o cheiro tentador do toucinho derretido na frigideira, à espera de que ela se levantasse e seu bom-dia desse o sinal verde para que dois ovos fossem fritos. Ovos com bacon, colesterol puro. Durante tantos anos Lídia se privara deles. Agora, de vez em quando deixava um bilhete para a empregada na véspera e se permitia de novo esse prazer guloso. Não era isso que ia importar a essa altura. Nada mais faria diferença, e ela sabia disso muito bem.

Levantou-se e foi lavar o rosto. Logo mergulharia na gema ensolarada o pão francês fresquinho e crocante, acabado de vir da padaria.

Antes de se sentar à mesa, pôs os óculos, escolheu um CD (hoje, Mozart), passou os olhos pela primeira página do jornal. O de sempre. Mas o levou para a mesa. Gostava de ler os artigos de opinião, acompanhar um ou outro colunista. Quando Ernane era vivo, os dois conversavam sobre as notícias enquanto tomavam o café da manhã que ela havia preparado. Agora, a conversa era silenciosa, com algum jornalista que ela nem conhecia. Mas a refeição não precisava ser feita por ela. Já estava à sua espera sobre a mesa. Prontinha. Com uma bela fatia de mamão já sem sementes. Com manteiga, geleia e mel para o pão. E uma porção de comprimidos, os primeiros do dia, a lembrar aquilo tudo que não dava para esquecer.

A leitura se prolongou além da mesa. Prosseguiu na cadeira da varanda, sob o sol ameno da manhã. Os destinos do país continuavam a preocupá-la. Não tinha jeito, não conseguia se desligar dos acontecimentos que se sucediam, por mais que tivesse razões para só olhar para o próprio umbigo. Acabava se demorando com o jornal. Depois foi dar uma volta no quintal. Sabia que era um privilégio ainda morar na mesma casa em que criara os filhos e acompanhara cada planta crescer. Não abria mão de aproveitá-la. Em breve, quando se fosse, os herdeiros a venderiam e dividiriam o dinheiro. Talvez fosse essa a forma de ela ainda continuar a ampará-los.

Abriu a torneira, ajustou a força do jato que saía da mangueira. Reduziu a água a um leve chuvisco que apenas borrifasse as folhas. Viu que o canteiro de tagetes e calêndulas continuava a se renovar em seu amarelo dourado. Que novos vermelhos explodiam nos vasos de gerânios. Que as marias-sem-vergonha no canto sombreado junto ao muro faziam justiça ao nome, profusas e oferecidas por entre a folhagem. Conferiu os jasmins que haviam caído durante a noite; os manacás ontem roxos e hoje lilases, que amanhã estariam brancos. Constatou com alegria que em ambos os arbustos ainda havia botões, promessas de renovação no cantinho perfumado que de noite a encantava.

Na horta, os ombros das cenouras já começavam a se mostrar, saindo da terra sob as cabeleiras verdes. No mais recente canteiro de alfaces, alguns pés já estavam quase no ponto de serem colhidos, talvez ajudados pela sombra rala do arbusto de fruta-de-conde, onde duas temporãs estavam vestidas por um saquinho de pano que ela mesma preparara, em sabedoria aprendida com sua avó, para que alguma eventual praga não lhes atingisse a perfeição da forma ou a doçura do gosto.

— Dona Lídia, as crianças já chegaram — avisou Hermínia.

Interrompeu a rega e foi até a varanda, onde os pequenos vieram encontrá-la, aos pinotes para os abraços e agrados matinais. Sentaram-se todos.

— Quer massagem, vó? — perguntou o neto, como sempre, sabendo que a resposta nunca deixava de ser positiva.

— Vou buscar o tratante — anunciou a menina.

Num instante estava de volta, vidro de hidratante na mão. Lídia se deitou na rede, esticou as pernas, cada um se sentou de um lado e tomou um de seus pés entre as mãos. Fechou os olhos e ficou sentindo as mãozinhas das crianças a espalhar a loção. Um levíssimo aroma de lavanda. Em toque ainda mais leve, de almas e dedos infantis. Tênue mas capaz de a transportar em prazer profundo, de carinho gostoso, ao mesmo tempo morno e fresco. Vida à flor da pele. Vontade de que não acabasse nunca.

— Hoje a gente pode ficar muito tempo. Não vai ter aula, é conselho de classe — informou o menino, como se adivinhasse seus pensamentos. — Dá para ficar o dia todo.

Um dia inteiro com eles. Um presente. Lembrou-se de uma revista que costumava ler no avião, no tempo em que viajava muito para acompanhar Ernane. Tinha uma seção chamada "Um dia pleno", com o roteiro de vinte e quatro horas intensas, aproveitando tudo ao máximo, cada vez em uma cidade.

— Que bom! — saudou a avó. — Então vamos brincar de fazer coisas boas o dia inteiro.

— Mas só quando a gente acabar de passar tratante no seu pé — disse a menina, concentrada, a lhe espalhar a loção perfumada pelo calcanhar.

Não tinha pressa mesmo. Todo o tempo do mundo ia caber naquele dia. Deixou-se ficar, entregue a cada segundo de carícias, de olhos fechados, ouvindo a conversinha dos pequenos, respondendo de vez em quando. Depois foi resolver um almoço especial, só com coisa bem simples de que criança gosta. E banana frita de sobremesa. Com sorvete.

Enquanto não chegava a hora, ficaram no jardim. Mexeram na terra, plantaram, limparam um canteiro. Examinaram minhocas e até um caracol. Depois, um bom banho. Na frente da televisão, ficaram vendo desenhos até a comida ficar pronta.

Barriga cheia, deu moleza. Lídia ia deitar um pouco e sugerir que as crianças ficassem brincando por perto. Mas o pedido da neta foi mais forte:

— Conta uma história...

Ajeitaram-se todos na rede da varanda. Ela no meio. De cada lado um neto, bem aninhado. O sono foi chegando enquanto ela falava em príncipes e princesas, das histórias que, em pequena, ouvira de sua avó. Daí a pouco, as crianças ressonavam tranquilas. Ela lhes acariciou os cabelos, deu um cheirinho em cada um. Acabou cochilando também.

Quando acordou, a filha estava de pé à sua frente. Já era tarde, viera buscar os meninos.

— O que vocês fizeram o dia inteiro? — perguntou ela.

"Fabricamos lembranças", podia ser a resposta que Lídia não chegou a dar, porque o neto foi logo anunciando:

— A gente brincou de tratante.

— A vovó tratou da gente e a gente tratou dela — explicou a irmã.

As duas mulheres sorriram.

— E ainda me passaram tratante no pé, fizeram massagem e tudo — contou a mais velha.

A filha se sentou na cadeira de vime, segurou a mão da mãe, ficaram conversando um pouco. Desde menina, nunca se sentira tão próxima dela como nesses últimos dias.

— Como é que acaba, vovó? — perguntou a menina, de repente. — Eu dormi antes do fim da história.

— Então eu vou contar, para você aprender e um dia contar para a sua neta. Porque essa história eu aprendi com a minha avó.

E foi encadeando as palavras, enquanto a tarde ia embora e a noite chegava, numa história que ia durar mais que ela, e um dia, quem sabe?, talvez fosse contada, em feitio de despedida, a uma menina pequena por uma mulher mais velha que se lembraria daquele dia pleno. Enquanto tivesse memória.

Sem deixar rastros

Era cuidadosíssimo. Mesmo quando andava na fase da maior paixão, conseguia ficar atento e não baixar a guarda. Um dia aquilo acabava e ele não podia deixar vestígios.

Estacionava o carro a duas quadras do hospital e ficava do outro lado da rua, o coração batendo forte, esperando que a médica saísse. De longe, adivinhava o corpo esguio dentro do jaleco branco. Mas não se aproximava e nenhum colega dela o via. Sabia esperar a hora e limitar o espaço.

Lembrava o dia em que levou para ela um livro de poemas de amor. Charmoso e sedutor. Dedicatória de alta temperatura, mas só de boca. Da outra vez, com o CD dos Beatles, tinha sido difícil escapar. Tinha a música que vivia cantarolando para a amada, jurando que até o jeito dela de andar tinha alguma coisa que o derretia. Ela adorou, sorriu, encheu-o de beijos, estendeu a caneta com um pedido. Queria uma frase escrita, de lembrança. Quase não deu para ele escapar do sorriso maroto, da voz morna. Mas garantiu que tinha esquecido os óculos. Sem eles, não enxergava mesmo. E não escreveu uma única palavra. Vê lá se ia ser besta de deixar coisa documentada, sua caligrafia visível, preto no branco. Fabricar baú de recordações.

Fora o livro e o CD, só presentes que se consumiam e sumiam. Flores sem cartão. Cerejas trazidas nas mãos entre beijos. Bombons em saquinhos simples, sem caixa a ser guardada. Prestava atenção. Todo cuidado é pouco e ninguém sabe o dia de amanhã.

Numa escapada para outra cidade, não deixou que ela ficasse com os cartões de embarque dos lugares separados no avião. Quando lá foram a um teatro, não comprou programa. Meticulosamente, como sempre, jogou fora os pedacinhos miúdos dos canhotos dos ingressos. Bem picados, claro, que cautela e caldo de galinha não fazem mal a ninguém.

Nunca permitiu um retrato. Um dia no parque, desconfiou que a moça não dirigia o foco apenas para as árvores, mas o enquadrara no canto de uma das fotos. Depois deu um jeito de manusear o telefone e apagar tudo. Com essas coisas não se facilita.

Não desligava nunca. Até mesmo em pleno porre, na noite em que foi até o banheiro aos trambolhões, evitando o sofá, a mesinha, o tapete, manteve-se alerta. Conseguiu aparar o vômito na toalha de rosto do lavabo e guardar tudo no pano — que não entregou para que ela lavasse. Francamente, não faltava mais nada. Saiu mais tarde com aquela trouxa de tecido azedo embrulhada num saquinho plástico. Largou tudo numa cesta de lixo distante. Na casa dela, não. Precisava ser precavido. Afinal de contas, se não fosse vivo, podia se ferrar.

E no dia que ela quis cortar as unhas dele? Quase brigaram. Mas os argumentos dela eram irrespondíveis, precisava ter certeza de não arranhá-la naquele jogo de delícias, o jeito foi concordar. E enfrentar a trabalheira de depois, disfarçando em risos como quem não quer nada, mas catando todos os pedacinhos de unha que tinham voado para tudo quanto era canto. Juntou em montinhos, ficou contando e recompondo que nem um maníaco, emendando um no outro como as peças de um quebra-cabeças, até ter certeza de que não estava deixando nada para trás. Não podia bobear, vê lá. A gente ouve cada caso... Diz que tem gente que recolhe de tudo e leva para terreiro, dá para mãe de santo fazer despacho. Nunca se sabe.

No meio da noite, quando pulava da cama e tratava de voltar para casa e para a mulher, tinha o cuidado de catar um ou outro fio de cabelo que pudesse ter ficado no travesseiro. No box do chuveiro, também. Esperava todos se juntarem no ralo (sempre dava uma tristeza ver como estavam caindo) e, depois que a água escorria, apanhava aquela maçaroca para jogar na privada. Aliás, nunca deixara de abaixar a tábua e puxar a descarga. Qualquer marca de sua passagem lá se ia, afogada no redemoinho barulhento.

Lavava o copo em que bebia. Enchia a forma dos cubos de gelo que gastava. Não deixava resto de comida. Catava algum pentelho e alisava o lençol quando se levantava. Depois do banho, se deixava secar naturalmente, sem usar toalha onde ficasse algum vestígio de sua pele. Ajeitava as almofadas em que o peso de seu corpo ficasse carimbado. Procurava até ficar sem fumar, para não ter o risco de deixar uma eventual guimba ou um fósforo apagado contando histórias de sua passagem.

Controlava a situação. A velha história de vir fácil, ir fácil. Quando quisesse ir embora, era só não voltar um dia. Não ficava nada. Era dono de si mesmo. Seguro morreu de velho.

Daí que ficou mesmo muito desconfiado quando ela deu de perguntar coisas pessoais demais. Verdadeiros interrogatórios. Como indagar qual era o tipo de sangue dele.

— Para que você quer saber?

— Nada, meu bem. Curiosidade de médica. Tem gente que curte horóscopo... Eu ando com vontade de saber teu tipo sanguíneo.

— Não sei. Nunca fiz exame.

— Então vamos fazer. Você passa amanhã lá no hospital e a gente cuida disso. É bom saber. Pode precisar um dia. Uma emergência, um acidente, nunca se sabe.

— Você sabe que eu tenho horror a hospital, nem chego perto.

— Sei disso, meu bem, você já contou as histórias todas. A morte do teu filho único, a operação da tua mulher, toda a tristeza dela ter ficado estéril... Eu sei que você tem trauma com isso, e respeito. Mas estou falando de uma coisinha à toa, é diferente...

— Pois se já sabe, para que fica enchendo o saco?

— Está bem. A gente dá um jeito. Eu mesma tiro uma gotinha, ponho numa lâmina e levo para o laboratório. Uma gotinha só. Não dói nada, meu amor. Amanhã a gente faz.

— Amanhã.

Já que agora era assim, amanhã não haveria nunca. Como aparecia, sumiu. Sem deixar vestígios. Sem marca nem traço. Sem rastro nem cheiro.

Alguns meses depois, na fila do cinema, enquanto a mulher, ao seu lado, exercitava sua voz metálica dizendo coisas sem importância, desligou os ouvidos como de costume. Ficou observando os nomes das butiques na galeria. *Pilão* vendia falsos móveis coloniais. *Madressilva* era uma floresta envasada e engaiolada. *Bebê Babá* tinha uma vitrine em cores bem claras, com roupinhas de recém-nascido e esse nome que lembrava cartilha. Eva viu a uva. Ivo viu a ave. Ele viu a médica.

Não vinha saindo do hospital, mas da loja. Não estava de branco, mas resplandecente e colorida, cheia de sacolas em tom pastel. E olhava bem em sua direção, acabava de avistá-lo, teve um sobressalto ao vê-lo com a mulher. Na certa ia criar uma situação difícil.

Mas nada disso. Apenas olhou. Sorriu de leve, para si mesma, como se não o conhecesse. E passou. Um balanço novo em seu deslizante jeito de andar. Um arredondado desconcertante na elasticidade costumeira do corpo esguio. Uma evidência muda no ventre pleno.

Silenciosamente enfunada como barco de bojudas velas, lá se foi a todo pano. Passou ao largo da fila, adernou ligeiramente para a esquerda com sua carga viva na carne e desapareceu com o barrigão atrás de um grupo de pessoas. Deixando-o para sempre encalhado na viscosidade rasa daquele casamento gasto e estéril, seguiu adiante em sua serena navegação. Prenhe de promessa viva. Com seu tipo sanguíneo bem sabido, para um rumo totalmente ignorado. Por mais que ele depois procurasse, porra! Ninguém sabia mais dela.

Mudara de emprego e de endereço.

Sumira no mapa, levando no ventre a única linha que ele lançara ao mar do futuro. O único sinal que o sangue dele ia deixar no mundo.

Não adiantou procurar. A moça desaparecera, evaporara. Para nunca mais. Sem deixar vestígios. Sem marca nem traço. Sem rastro nem cheiro.

Em nome do pai

Para Carlos Moraes

Desde pequeno, padre Olímpio jogava futebol com o pai. Aprendeu a atacar e a defender no quintal de casa. Depois, os dois brincaram com a bola na praça entre balanços e gangorras, jogaram pelada no campinho da várzea. Às vezes, na torcida, assistia ao jogo dos adultos, entusiasmado com os feitos do velho. Mais tarde, nos torneios entre as escolas da cidade, o menino sentia o peso da responsabilidade ao saber que o pai estava ali, sentado na arquibancada, apostando em cada uma de suas entradas na bola. Ficava feliz em algum lance de que o velho poderia se orgulhar. Ao final, esperava os comentários dele, analisando a partida e dando conselhos. Não de jogo, mas de vida:

— Tem de ter espírito de equipe. O bom jogador não pode pensar só em si mesmo. Nunca se deixa o outro na mão.

No tempo do seminário, quando vinha passar um dia em casa, quantas vezes os dois aproveitaram para irem juntos ao estádio... Ou assistiam à transmissão de jogos pela televisão, lado a lado, entre cervejas e tira-gostos.

Talvez por isso, agora que o padre estava preso, vivia cada oportunidade de bate-bola como um momento de estar também com o velho na memória. Juntos, um ao lado do outro, superavam os limites físicos. Passavam por cima dos muros do quartel em volta do filho, das paredes do hospital em torno do pai. Venciam a distância entre o equipamento de soro na capital e as grades naquela guarnição de fronteira.

O fato era que padre Olímpio era um craque. Crescera como atleta ao longo do tempo. Jogava bem e com entusiasmo. Tanto que seu nome era sempre o primeiro a ser escolhido quando os prisioneiros iam formar os times na hora do banho de sol. Os soldados que os guardavam ficavam admirando. Acabavam até incentivando. De vez em quando, até mesmo um oficial parava para assistir.

Também devia ser uma distração para eles. O grupo de presos políticos era uma novidade. Quartel do Exército não é prisão. No máximo, serve de punição disciplinar para a tropa. Ou, no caso de um lugar tão remoto como aquele, perdido no meio dos pampas, já quase no Uruguai, o velho forte não oferecia muita chance de distração. Podia até ser uma espécie de exílio para um ou outro oficial mais problemático que estivesse precisando de um corretivo ou houvesse incorrido na má vontade de um superior.

Aquela história de transformar os militares em carcereiros de presos políticos vindos de longe não era vista com bons olhos por todos. Cumpria-se o dever, sem dúvida. O regulamento era severo e a disciplina, rígida. Mas ao contrário do que podia acontecer em outros postos menos isolados, ali os militares não se sentiam combatendo um inimigo na pessoa daqueles magricelas fracotes, uns intelectuais barbudos e uns operários sofridos, entregues a seus cuidados. Dava para afrouxar um pouco com relação ao futebol — que era permitido todo dia. Assistir ao jogo dos presos era quase um momento de feriado.

Depois de uns dois meses dessa rotina, um dia padre Olímpio foi levado à presença do comandante. Ficou preocupado com a novidade. Desde sua chegada, nenhum dos presos tinha passado por isso naquela guarnição. Os interrogatórios, os maus-tratos, tudo tinha ficado para trás, na cidade, no tempo de antes de serem removidos. O que estaria à sua espera agora? Imaginava as piores coisas. Mas não dava para evitar algum lampejo de esperança — de um habeas corpus, uma ordem de soltura. Tudo era tão arbitrário naquela prisão, jamais lhe tinham dito por que o levaram. As perguntas que lhe fizeram tinham sido tão aleatórias e absurdas que não dava para estabelecer um padrão claro. Tudo era possível.

Dessa vez, de novo, as questões o surpreendiam. Não se referiam mais a seus sermões, às pessoas que conhecia, à comunidade onde vivera, a seu trabalho pastoral — como nas ocasiões anteriores. Mas envolviam sua formação no seminário, seus antecedentes esportivos. Quando deu por si, tinha baixado a guarda e estava falando no pai, com carinho, com saudades, quase com um nó na garganta. Rapidamente se conteve e se calou.

O comandante insistiu. Voltou à mistura de assuntos: o futebol e os compromissos sacerdotais. De repente, fez-lhe uma proposta surpreendente.

— Esperamos poder contar com seus préstimos.

Estava havendo um campeonato regional entre várias equipes amadoras. A decisão final ia ser no domingo, em outra cidade. O time da guarnição iria disputá-la. Pela primeira vez em sua história. Mas havia um problema: o artilheiro tinha se contundido no último treino. E alguns oficiais tinham aventado a possibilidade de que padre Olímpio o substituísse. Já sairiam do forte em trajes esportivos, num caminhão do Exército. Portanto, a rigor, ele não estaria usando uma farda indevidamente, o que seria um fato grave. Mas precisaria se comprometer a guardar segredo.

— A ordem é fechar o bico. Não estou lhe mandando mentir. Ninguém vai mesmo perguntar nada. É só não sair contando.

Olímpio achou divertido. Ia passar o dia fora do quartel, passear por outra cidade, jogar uma boa partida contra novos adversários. Novidades bem-vindas dentro daquela rotina de prisão, confinada a cela, refeitório, banho de sol, pátio. Aceitar não tirava pedaço. De qualquer modo, não tinha escolha nem ilusões. Só o estavam levando porque jogava bem. E, se não topasse, tinha certeza de que sua situação ia piorar muito no quartel.

Durante três dias treinou no time da guarnição, e não mais com os prisioneiros. Descobriu no cabo Pacheco um parceiro de qualidade. Um sujeito com excelente visão total de jogo, rapidez na decisão, bom arranque, chute preciso. Juntos fizeram uma boa dobradinha, trocando passes rápidos, aproveitando oportunidades.

No domingo, dia do Senhor, padre Olímpio fez suas orações bem cedo, como sempre. Não lhe permitiam que celebrasse o sacrifício da missa na prisão, mas ele sempre procurava guardar o dia de forma especial, falava com os companheiros sobre o tempo litúrgico, rezava com quem quisesse acompanhá-lo. Dava a bênção aos que o cercavam:

— Em nome do Pai...

Esse era o primeiro domingo do advento e ele disse algumas palavras sobre o significado desse momento de espera, de preparação para a vinda do Senhor a ser festejada no Natal, cumprimento da promessa divina feita aos homens, penhor da salvação.

Pouco depois, foi levado à presença do sargento. Deram-lhe uma roupa esportiva para vestir, igual à dos outros — calção, camisa, meias, chuteiras, uma calça larga, um blusão com zíper. Ao lado dos outros, ouviu a preleção sobre as responsabilidades daquela experiência. Depois entraram todos no caminhão do Exército que os levaria pela estrada até a cidade em cujo estádio iriam jogar. Com ordens expressas para estarem de volta antes da chamada e do toque de recolher, ou iriam em cana e nunca mais sairiam novamente para outras partidas.

Se depois lhe perguntassem como haviam sido os lances do jogo, não saberia dizer ao certo. Por mais que soubesse que continuava tão prisioneiro como antes, estava completamente dominado pela sensação de liberdade. Além dos companheiros da equipe, ninguém ali sabia quem era.

Ele mesmo esquecia. Corria, driblava, chutava, dava passes, disputava a bola, gritava, esmurrava o ar, punha as mãos na cabeça se falhava uma jogada, xingava, cuspia, ajeitava a meia.

Igual a todo mundo que não vivia atrás das grades. Igual aos jogadores a que sempre assistira em campo ao lado do velho. Igual a si mesmo em outros tempos, sem muros ou cadeados de prisão.

Só faltava o pai sentado na arquibancada, torcendo por ele. Ou não faltava? Talvez apenas não fosse visível. Mas até dava para ouvir o grito de incentivo:

— Vai, filho!

Ele foi. Pediu, teve preferência. Tão bem colocado que a bola lhe chegou exata, ambos na velocidade certa para o encontro, uma breve corrida, a ginga, uma leve ajeitadinha, o chute preciso encobrindo o goleiro.

— Goooolllll!

Decisivo. Garantiu a vitória.

Foi carregado pelos companheiros de equipe. Celebrado por todos, elogiado pelo sargento, abraçado no vestiário. Só não fizeram uma batucada na volta, em sua homenagem, porque em caminhão do Exército não dava mesmo pé. Nem o sargento ia deixar. Mas a festa estava no ar.

Até que o veículo deu um solavanco e parou de repente.

— O que foi?

— Olha só o tamanho do buraco na estrada.

— Uma cratera...

— Quebrou o eixo.

Não ia dar para consertar tão cedo. O sargento, rapidamente, deu as ordens. Mandou que fossem voltando de carona para o quartel, aos poucos, à medida que passassem carros naquela direção. De lá mandariam um mecânico, providenciariam um reboque. Mas era importante que todos estivessem de volta e a postos na hora de responder à chamada.

Dois num carro, três em outro, cinco numa caminhonete, todos se precipitando para as caronas, preocupados em não faltar à chamada. Aos poucos o grupo foi diminuindo. De repente, padre Olímpio percebeu que só restavam ele e o caminhão vazio. Largados no meio da estrada.

No anoitecer que chegava, podia atravessar a pista, se afastar do caminhão abandonado, deixar para trás a volta à prisão, sumir no mundo. Sagrado direito de todo prisioneiro.

Deu uns passos, afastou-se do veículo. Depois da curva, já nem o via mais. Quando ergueu o braço para pedir carona a uma van que se aproximava, sentiu que tinha à sua frente todas as escolhas. Empolgado mas contido, disse apenas:

— Obrigado, vou até onde vocês forem. Depois me viro.

Horas depois, ao adentrar o pátio do quartel, foi recebido pelo comandante da guarnição:

— Já pra sua cela. O sargento já foi punido. Foi um irresponsável. Não tinha nada que largar você assim, sozinho na estrada...

— Eu não fiquei sozinho.

Diante do olhar espantado, completou:

— Meu pai me obrigou a vir. Pra não deixar vocês na mão.

Não mais

Era em pleno tempo do ainda não.

Ainda não havia luz. Só que, aos olhos do menino, nunca houve tantas luzes. E isso fazia parte do encanto das férias.

Diferente da cidade, onde viviam o ano todo, no sítio do avô não havia eletricidade. Agora até tinham uma geladeira a querosene. E grandes planos: mais adiante iam ter um gerador. Talvez daí a uns dois anos. Mas, por enquanto, não.

Nesse tempo ele ainda era pequeno. Não se lembrava bem e misturava as datas. Muitas memórias se apagaram. Outras iluminariam para sempre. Nunca esqueceria que jantavam cedo, quando o dia mal acabava e precisavam da luz de um lampião que espantasse as trevas para os cantos da sala.

Se a avó não tivesse o cuidado de fechar as janelas ao entardecer, teriam visitantes indesejados. Uma porção de mariposas e besourinhos invadiam a sala, atraídos pelo brilho do Aladim — novidade que, apesar do nome, não era uma lâmpada maravilhosa, mas a marca do lampião poderoso que clareava mais do que as lamparinas e as velas de chama trêmula, a criar sombras dançantes nas paredes. Um Aladim sem gênios ou tapetes voadores, que ficavam apenas nas histórias que o avô contava, falando em califas e vizires de países distantes. Bem diferentes dos relatos da avó, capazes de alternar assombrações que viviam na mata ao lado com fadas e príncipes de antigamente.

As crianças gostavam de todas as histórias, era a melhor maneira de encerrar o dia. Mesmo as que não começavam com "era uma vez" e os adultos contavam como se fossem de verdade, com suas frases inaugurais a abrir avenidas na imaginação:

— No tempo em que eu estava ajudando a abrir a estrada de ferro pelo meio da mata...

— Quando eu era pequeno, lá na beira do rio...

— Na festa em que eu vi sua avó pela primeira vez...

— Outro dia, quando eu vinha a cavalo pelo pasto...

— Vocês nem imaginam o susto que eu levei ontem...

Se estivesse chovendo, ficavam na sala mesmo, numa conversinha sem fim em volta da mesa do jantar. Mas nas outras noites, logo que acabavam de comer e de tirar a mesa, acendia-se uma fogueirinha no terreiro diante da casa e iam todos se sentando em volta. Carregavam bancos, cadeiras, espalhavam esteiras e colchas pelo chão. Contavam casos. Palavras saíam de diferentes bocas e criavam mundos que vinham de longe. Surgiam debaixo do bigode ralo e grisalho do avô. Da bigodeira farta e castanha do tio. De entre a barba morena e espessa do pai. De lábios em rostos lisos e sem pelos — da avó, das tias, da mãe. Sons que instauravam outras vidas, traziam para perto o que não estava ali.

Às vezes alguém começava uma cantoria e iam todos se juntando, emendando uma música na outra. Quase sempre, em algum ponto da noite uma criança pedia histórias. Um adulto começava a contar alguma, outro emendava noutra, até que os pequenos iam se aconchegando, cochilando, dormindo num colo, ou eram levados para a cama.

O menino gostava muito dessa hora sossegada. Queria ficar o mais desperto que conseguisse. Lutava contra as pálpebras que pesavam e queriam se fechar. Arregalava os olhos para o céu. Inventava assunto para ficar acordado com a conversa:

— Que sombra é aquela na lua?

Um dia lhe contavam de são Jorge e do dragão. Outro dia o avô explicava sobre crateras ou falava em telescópios e Galileu.

Lua, luz mágica. Parada, fria e branca, muito diferente da luz da fogueira, quente, sempre se mexendo, vermelha, amarela, laranja, às vezes com um brilho azul na chama.

O céu tinha outras luzes. Muitas, misturadas, piscando. O melhor de tudo era nas noites mais escuras, quando ficavam todos vendo as estrelas, buscando reconhecer constelações. As Três Marias. O Escorpião. O Cruzeiro do Sul. Cada estrela tinha também uma história, com seus nomes quase mágicos: Alfa do Centauro, Betelgeuse... O avô falava num caçador, numa ursa, num arqueiro. Num caminho de leite derramado pelo céu. Via Láctea.

O menino procurava, não conseguia ver nenhuma dessas figuras desenhada no alto da noite escura. Mas gostava das histórias.

Quando estava quase entregando os pontos para o sono, deitado na esteira, contemplando a fogueira que também adormecia aos poucos, gostava de ver quando um tio revirava uma acha de lenha ou um galho, juntava mais uns gravetos, cutucava o fogo, e tudo brilhava mais forte de repente, incendiado. A chama crescia um pouco. Subiam fagulhas leves para o céu, como se fossem mais estrelas. Antes de se apagar dançavam de um lado para outro, meio sem rumo ao sabor da brisa. Uma tia sempre brincava:

— São os menininhos que vão saindo de casa para ir à escola...

Uma vez alguém dissera que as estrelas no céu são pessoas que já tinham morrido há muito tempo. Seria mesmo? Será que as fagulhas eram filhotes? Luzes que logo se apagavam. Para nunca mais voltarem. E nem chegavam ao céu. O menino não gostava de pensar nisso. Preferia histórias e estrelas.

E numa noite sem luar, o céu mais salpicado de brilhos do que nunca, a fogueira quase se apagando, quando todos já se preparavam para se recolher e o menino quase cochilava aninhado no colo do pai, com a cabeça apoiada no ombro do homem, de repente uma surpresa.

— Vejam! — mostrou uma tia.

Três ou quatro estrelas vinham saindo das árvores e das moitas em volta, piscando, dançando ao redor deles. E mais outras baixavam do céu. Acendiam e apagavam, desciam e subiam, em torno da família reunida no terreiro. Outras mais foram chegando. Muitas. Às vezes pareciam enfileiradas como um cordão de carnaval. Depois se espalharam, rodearam todos.

O menino arregalou os olhos. Nunca tinha visto aquilo. Jamais esqueceria.

— Cagalumes... — disse um primo.

— Vagalumes — corrigiu outro.

— Que lindo! As fadinhas acordaram e estão dançando... — exclamou uma prima, batendo palmas.

— Uma revoada de pirilampos em migração... — explicou o avô. — Fenômeno raro de se ver...

Mas estavam vendo. Não precisavam entender. Nem de palavra difícil para uma coisa tão linda. Vislumbre de vastidão. Pressentimento de infinito, mistério impregnado de eternidade.

O menino jamais esqueceria. Mesmo depois de homem feito, com seus filhos e netos. Anos depois, em outras terras, do outro lado do oceano, a recordaria ao ver uma pintura renascentista num museu, com halos de estrelas em torno das cabeças das figuras num presépio. Pintadas a ouro. Fixas, não dançavam. Não cintilavam. Nem tinham o brilho da memória com que dançavam em sua lembrança.

Em pleno tempo do não mais.

Uma velhota frágil

Subiu os degraus do ônibus com firmeza, levantando o peso do corpo. Mas à primeira vista, era uma velhota frágil. Miúda, de cabeça branca. Só um bom observador iria reparar como eram musculosas as mãos que saíam de dentro das mangas compridas do casaquinho e se prendiam às hastes de apoio junto à porta do veículo. Como eram vigorosos os braços que a ergueram. Não apenas vestígios da atleta que fora até poucos anos antes. Mas marca segura da profissão a que Marieta se dedicava agora. Massagista na clínica de fisioterapia, toda tarde. De clientes avulsos, quase todas as manhãs.

Aquela estava especialmente linda. Céu lavado de maio, azul. A linha de montanhas ao fundo, atrás do verde. O mar se mostrando de vez em quando pelo meio das árvores do parque à medida que o ônibus corria. Deu até para vislumbrar a vela de um barco deslizando pelo azul-escuro. Diferente do oceano verde-clarinho, pintado na sacola de nylon em que Marieta carregava o guarda-chuva dobrado. Uma cliente tinha trazido de lembrança para ela, da Itália. Disse que era um quadro muito famoso. Retrato de uma deusa nascendo das águas. Loura, de cabelão comprido meio solto, se enroscando pelo corpo dela até a coxa. E nua, de pé, dentro de uma concha, debaixo de um céu salpicado de flores miúdas. Nada a ver com a Iemanjá que todo mundo sabia que era a verdadeira rainha do mar.

Distraída entre esses detalhes e a paisagem que deslizava lá fora, Marieta nem reparou como tudo tinha começado. Quando viu, o assaltante já tinha rendido os passageiros, de revolver apontado. Ou pistola, quem era ela para entender de arma? Parado junto aos bancos à sua frente, apontava a arma para o motorista. Já tinha recolhido a carteira de um senhor, o celular de uma garota. Estava pegando mais alguma coisa com uma mulher grávida e acabou lhe dando um tabefe na cara porque ela demorava. Aflita, a moça começou a chorar. Ele ameaçou bater de novo, e Marieta protestou:

— Calma, não faz isso. Não vê que ela tá nervosa?

— Cale essa boca — rugiu ele, se virando na direção dela.

Ao fazer isso, reparou na sacola de Marieta.

— Me passe essa bolsa aí, pra eu guardar esta merda.

Hesitante, meio atrapalhada, ela começou a mexer na sacola, cujas alças enrolara no pulso.

— Tá esperando o que, tia? Não ouviu o que eu disse?

A essa altura, a arma já estava apontada para ela. Marieta achou até que dava para ver uma bala dentro do cano. Mas não dava para garantir. Só gaguejou:

— Pe-pe-raí um instante, já vai...

Com o movimento para se desvencilhar, o guarda-chuva caiu e rolou pelo chão do ônibus. Uma mulher sentada do outro lado do corredor fez um gesto para pegar do chão. O assaltante se assustou, num instante já tinha apontado o revólver para ela, que nem se mexeu, esperando o pior.

Num gesto súbito, o rapaz voltou a encarar Marieta. De frente. Dava para ver que estava nervoso também. Os olhos injetados, a boca trêmula, o suor na testa. A um passo de se descontrolar, dava para ver. A arma na mão direita, pouco firme. O outro braço apertando junto ao peito uns dois ou três celulares.

Marieta lhe estendeu a sacola, segura com firmeza na mão fechada.

— Abre essa porra para eu botar tudo dentro — ordenou ele.

Em seguida, deu uma gargalhada quando viu a Vênus na estampa.

— Assanhada, hein, vovó? Fazendo anúncio de mulher nua... Se o pastor lá da igreja vê isso... E pode jogar sua carteira aí dentro também.

— Deixa eu ao menos tirar os documentos.

— Deixo porra nenhuma. Vamos logo, todo mundo, passando celular e carteira...

Em silêncio, a massagista abriu a sacola. Ele jogou o butim lá dentro e se adiantou mais para o fundo, recolhendo umas carteiras, que vinha jogar com o restante do roubo. Numa dessas vezes, depois de dar empurrão num senhor e uma coronhada num rapaz que o irritara com alguma coisa, parou bem junto ao banco onde Marieta estava sentada e começou a fazer um verdadeiro discurso, xingando e esbravejando, gesticulando com a arma na mão, enquanto agarrava com força as alças da sacola.

Ela ouvia aquilo com raiva, o coração acelerado de medo. E de repente, sem nem saber bem o que estava fazendo, olhou para a braguilha da bermuda do ladrão, bem na altura de seus olhos, e partiu para a ação. Num impulso súbito, agarrou os bagos dele com firmeza e torceu, com sua força de massagista.

Foi tudo tão rápido que depois na delegacia ninguém nem conseguiu explicar direito o que acontecera. O homem uivou, num grito horroroso, e caiu no chão, encolhido, se contorcendo, berrando. O motorista fechou as portas do ônibus e rumou a toda para a delegacia que ficava ali perto. Os passageiros avançaram no corpo caído e lhe deram uma surra. A sacola esparramou seu conteúdo pelo chão do veículo, foi feita a devolução do que havia nela a cada dono. Depois, tudo se sucedeu de modo confuso. Boletim de ocorrência policial, testemunhos, depoimento do motorista, ambulância para levar o criminoso para o hospital.

No dia seguinte, ao contar na clínica o que ocorrera, foi que Marieta se deu conta da situação perigosa em que tinha se metido. O bandido podia ter reagido, disseram os colegas.

— Ainda pode... — garantiu uma enfermeira. — Essa gente é perigosa. Ele pode vir atrás de você...

— Não tem perigo, ele vai preso.

— Mas um dia vai ser solto. E aí?

Na saída do trabalho, resolveu passar lá para ver. Guardara o nome do bandido, do registro policial. Localizou a enfermaria onde estava o leito dele, sedado, dormindo. Leu o prontuário preso à grade dos pés do leito. Sorriu.

Tentou convencer o guarda a permitir que ela se aproximasse:

— Sou tia dele, vou só deixar uma lembrancinha...

— Não pode, minha senhora. Só com autorização superior.

— Então o senhor deixa esse presentinho lá para ele? Assim mesmo. Dobradinho, junto do travesseiro.

Sabia que o rapaz ia entender o recado ao ver a estampa da Vênus a um palmo de sua cara. Lembrete e assinatura.

Saiu sorridente, quase saltitante.

No dia seguinte, quando contou aos colegas a visita que fizera, deu seu boletim médico:

— Ele está bem, vai sobreviver.

E sorrindo, completou:

— Mas falando fino. E não procria.

Todas as filhas

*VIOLA — I am all the daughters of my father's house
And all the brothers too; and yet I know not.*
                William Shakespeare, *Noite de Reis*

Vela. Viola. Feito.
Vela feito viola. Viola feito vela.
Havia um poema guardado naqueles nomes, Olívia tinha certeza. A questão era desentranhá-los.
Talvez não fosse um verso linear. Com certeza, seria algo mais visual. Valorizando o espaço. Com as palavras dispostas na página de modo diverso, as letras se entrecruzando na coincidência das repetições. V- L- A-, tecendo Vela e Viola. E mais I- ou O-, soldando Viola e Feito. Quem sabe, E-, ancorando Feito e Vela. De qualquer forma, um poema. Letras no papel. Preto no branco. Como as experiências concretas e neoconcretas, de vanguarda, que naquele final dos anos 1950 enchiam outras paredes e outros painéis de outras salas igualmente bem iluminadas. Ou folhas de jornais — inclusive o suplemento que saía aos sábados mas se intitulava dominical. Olívia tinha certeza de que esse nome fora escolhido por uma razão estética. De propósito. Como

se autodenominar suplemento sabatino? Ou sabático? Sem contar que teria que se abreviar *ssjb*, horrível, com aqueles ss assim lado a lado, repetidos, evocando gagueiras, ciciantes silvos ofídicos ou lembranças de atrocidades nazistas. Muito diferente de *sdjb*, em que o desenho do d e a beleza do b se respondiam em espelho, brincavam de desafio, iluminavam veredas, partiam navegando, sugeriam melodias.

Feito Vela. Feito Viola.

Mas Vela e Viola também poderiam ser verbos. Essa seria outra possibilidade. Velar. Violar. E Feito, além de ser explorado como uma conjunção comparativa, podia ser um particípio passado, ou um substantivo. Algo completo, terminado, per-feito. Uma obra realizada. Os grandes feitos de alguém. Abriam-se novos caminhos. Rumos infinitos para tão modestos nomes.

Aliás, Modesto era outro. Na verdade, Cuixart. Modesto Cuixart. Mas esse sobrenome estranho ia ser difícil. De qualquer modo, essa palavra não ficara ao lado de Vela, Viola e Feito, girando na memória de Olívia. Não vinha assombrar seu despertar, encolhida de frio, ainda entre o sono e a vigília, lembrando dos quadros e achando que era até capaz de fazer um poema sobre eles, se se concentrasse de verdade nessa tentativa.

Mas tinha sido justamente a obra de Cuixart uma das que mais impressionara a menina, nas salas da Bienal que o pintor dividia com outros artistas, seus compatriotas Feito, Vela e Viola. E com mais outro, Antonio Tapies, que talvez até dominasse os quadros dos outros com a sua intensidade. Todos eles trazendo uma pintura forte, rica em matéria, explorando texturas em suas formas abstratas, recorrendo a colagens de tecidos rústicos, areia, massas de tinta empastada. Tudo vibrante e denso, em infinita gama de marrons e castanhos, mostardas e húmus, outonos e madeiras, ferrugens e sombras, do vermelho ao negro. Terra e sangue. Vida e morte.

Mais espanhol, impossível.

Fizera esse comentário diante de um quadro de Tapies. A seu lado, Miguel corrigira:

— Ele não é espanhol, é catalão.

Para Olívia, era tudo a mesma coisa.

Mas Miguel dizia que não, e ele sabia do que estava falando. Afinal, era espanhol, de Andaluzia. A essa altura, na verdade, brasileiro. Tinha oito anos quando viera para o Brasil de navio, com os pais que se exilaram ao fim da Guerra Civil. Uma dureza. Agora, aos vinte e seis, já tinha história. Uma história que Olívia intuía fascinante, desde que ela se aproximara dele fazendo algum comentário bobo e os dois começaram a conversar enquanto subiam a rampa da Bienal.

Antes disso, porém, já tinham se olhado longamente no trem, em meio aos outros estudantes da excursão, àquela altura todos cantando, amontoados em volta de um rapaz que tocava violão. Olívia estava espremida num canto, dividindo a cadeira com sua amiga Regina, quase soterradas pelos colegas que se sentavam no braço da poltrona ou se penduravam no espaldar. Miguel se mantinha mais afastado, de pé, encostado na porta que dava passagem para o outro vagão. Era o único que não cantava no meio daquele coro espontâneo e não muito afinado. Mas olhava com ar divertido, um semissorriso querendo aflorar. E não tirava os olhos dela.

Ela retribuía, de vez em quando. Tinha reparado nele desde a estação, no meio de tantos estranhos. Todos estranhos, aliás, já que Olívia não conhecia ninguém do grupo além de Regina, apenas viera de carona na excursão dos alunos da Escola de Belas Artes. Estudava pintura, sim, mas era no Curso de Arte Contemporânea. Depois, ouviu alguém chamá-lo pelo nome. Miguel. Nome de arcanjo. Mas arcanjo guerreiro. Função pouco angelical.

A figura de Miguel tinha tudo para chamar sua atenção. Mais velho que aqueles garotos todos. Alto, magro, esguio — uma silhueta de toureiro. Com a elegância natural de um bailarino, a não ser pelos ombros levemente curvados para dentro e de certa rispidez latente, quase à flor da pele. Por sinal, de um moreno diferente, amendoado — "essa cútis amassada de azeitona e jasmim", ela encontraria depois em Lorca a comparação exata. Os olhos, sim, imediatamente lhe lembraram o desenho das frutinhas nas latas de azeite de oliva: grandes, escuros, brilhantes. Sombreados por olheiras, debaixo de sobrancelhas espessas e nítidas, sob cabelos muito lisos e negros que caíam pela testa. Nariz mediterrâneo (reto como os das estátuas greco-romanas que ela tanto copiara nas aulas de desenho), lábios consistentes, raramente sorrindo para revelar os dentes bem alinhados. Barba cerrada se insinuando por baixo da pele. O todo era meio tristonho, não chegava a ser bonito. Talvez Olívia não o tivesse destacado entre todos, se não fosse pelo porte dele. A expressividade do olhar de Miguel fez o resto.

Tinha que ser expressivo. Estava apostando tudo naquele olhar. Aquilo era uma maluquice, evidentemente ela era pouco mais que uma criança. Não podia abordá-la. Mas se ela viesse falar com ele, então as coisas ficavam diferentes. Passava a ser uma relação normal, entre dois participantes de uma mesma excursão de estudantes de arte à Bienal de São Paulo. Nada de mais, dois colegas.

Mas como nunca a vira na Escola? Impossível não notar aqueles olhos imensos, cor de âmbar, curiosos, abertos para o mundo em volta como se a vida fosse uma coisa maravilhosa e cheia de surpresas. E o sorriso de encantamento que de vez em quando deixava transparecer a menininha por dentro daquela adolescente magricela e meio desengonçada, de pernas e braços longos, mãos grandes de dedos compridos.

Era menina mesmo. Não era aluna da Escola. Nem ao menos tinha idade para ter feito o vestibular, Miguel logo ficara sabendo. Da mesma forma, fez questão de contar imediatamente a ela sua história, sem esconder nada. O casamento apressado pela gravidez da namorada, os estudos interrompidos, o casal morando na casa dos pais dele, gente de bem que jamais consentiria em deixar uma moça ao desamparo. E mais: a filha de três anos, o trabalho na agência de publicidade, a recente decisão de voltar à Escola de Belas Artes, tentando parcelar os cursos, fazendo umas cadeiras esparsas.

Durante os quatro dias em São Paulo, falaram de arte, de política, de filosofia, de poesia, da Espanha, do Brasil. De si mesmos, muito pouco, já se tinham contado o que era narrável. De sentimentos, não quiseram dizer. Nem precisava.

Mas fazia muito frio na última noite. Ela ia ficar mais um dia na casa de uns tios. Os dois não queriam se despedir, caminharam pelas ruas até amanhecer. Miguel lhe deu o paletó para que se aquecesse. Tiritando só com o pulôver, tomou umas doses de Fundador. Passou o braço em volta do ombro dela. Olívia abraçou sua cintura. Trocaram beijos longos e cheirosos, perfumados de saliva e menta, chocolate e conhaque, lavanda e tabaco.

A ideia era não se encontrarem mais. Bem que tentaram. Só que a prática foi diferente. Durante dois anos, se atraíram e se afastaram. Ela entrou na faculdade, ele saiu. Ela teve namorados, ele mudou de endereço.

— Desta vez é para valer, Miguel. A gente não pode se ver nunca mais. E quando por acaso se encontrar, não pode falar um com o outro.

— Se você prefere assim, Olívia... Não quero nada que te contrarie. Mas se mudar de ideia, é só chamar.

Nove, dez, onze vezes? Perderam a conta da repetição de variantes desse diálogo. Ela não o chamava. Mas cada vez que Olívia achava que não ia mais aguentar, ele aparecia por acaso. Na saída da faculdade. Numa sessão da cinemateca. Na exposição de algum pintor amigo. Retomavam a conversa de onde tinham parado. Depois, ele a levava em casa, de ônibus ou lotação, mãos dadas, ele lhe alisando os longos dedos de artista, ela retraçando as linhas das palmas de Miguel, como se quisesse ler nelas seu próprio destino. Combinavam o próximo encontro, saíam, retomavam tudo. Um tudo de namorinho adolescente escondido. Quando não eram mais adolescentes. Eram só apaixonados. E para isso não há esconderijo.

Havia, sim, era poesia, muita poesia. Não só todos os poetas que Miguel apresentou a Olívia — García Lorca, Antonio Machado, Jiménez, Salinas, Aleixandre, Alberti, Neruda — e o cabedal infinito de Drummond e Pessoa que ela passou para ele. Mas os próprios poemas que Miguel se descobriu fazendo, exigente, rigoroso, quase nunca falando de amor, porém carregados de densas sutilezas.

Andavam a pé pelo centro, subiam as ladeiras de Santa Teresa, iam passear nas ruas do Rio Comprido, onde não tinham conhecidos. Num fim de semana, deram uma escapada para Teresópolis. Um sábado e um domingo inteirinhos, juntos. Dormiram abraçados. Dormiram. Só.

Na volta, ele decidiu:

— Olívia, isso não pode continuar assim. Você não é mais uma criança, eu não posso ficar te protegendo a toda hora, tomando conta de você, te defendendo de mim mesmo. A gente se ama, se quer, somos macho e fêmea, homem e mulher. Do jeito que está, a dor vai ficando maior do que a alegria. Vou sair de casa, largar minha mulher. Vamos viver juntos.

— Nunca que meu pai vai deixar.

— Como é que você tem tanta certeza? Já falou com ele?

— Ele me mata se eu falar.

— Então não fala. Sai de casa e vem.

— Não posso fazer uma coisa dessas.

— Não pode o quê? Dormir comigo? Viver comigo?

— Não, isso eu posso, eu quero, Miguel... Mas você não entende? Você já é casado. A gente não pode casar. E eu não posso ser sua amante, dar um desgosto desses para o meu pai, jogar isso em cima da minha família.

— Você não vai ser minha amante, vai ser minha mulher.

— Você já tem mulher...

— Então, já que não existe divórcio por aqui, eu me separo diante do juiz. Me desquito. Será que isso chega? Ou você vai querer essa palhaçada de ir casar no Uruguai?

— Não fala assim, Miguel...

Olívia tinha vontade de chorar. Não gostava de ver Miguel irritado e agressivo daquela maneira. Mas também queria resolver aquela situação, por mais pavor que tivesse da fúria paterna.

— Vê se não chora. Ou a gente resolve isso, ou se separa de uma vez. E eu sumo da sua vida. Agora é para valer.

Ela sentiu que daquela vez era mesmo.

— Não, deixe eu preparar a situação...

— Não tem mais o que preparar, Olívia. Ou você vem comigo, ou eu vou em frente sozinho.

— Eu tenho medo...

— Então, acabou.

Pausa. Miguel sugeriu:

— Prefere que eu fale com ele?

— Acho que sim... Mas primeiro eu converso, preparo o terreno.

E assim ela se viu, daí a dois dias, entrando num restaurante no centro da cidade para almoçar com o pai e ter com ele a conversa séria que tinha pedido.

O jurista Demócrito Cavalcante Sampaio — descendente dos Cavalcanti de Pernambuco e dos San-Payo da província do Grão-Pará — fizera questão de chegar antes da hora marcada. Jamais seria capaz de fazer uma mulher esperar sozinha num restaurante. Ainda mais sua própria filha. Mesmo num lugar como esse que escolhera, familiar, discreto, de primeira qualidade e sem ostentação.

Viu o maître-d'hôtel conduzir a menina até junto da mesa e sorriu, orgulhoso. Sua pequenina Maria Olívia, a Olivinha dos miúdos dentes de leite e covinhas ao sorrir, andava agora com firmeza em sua direção, transformada numa bela moça, inteligente, talentosa, elegante. Como crescem depressa os filhos... Daí a mais um pouco, ela estaria pensando até em casamento. E tinha tudo para ser a esposa perfeita de um diplomata, um jovem advogado de futuro, o filho de um industrial.

Mesmo antes de fazer o pedido ao garçom, enquanto a observava entretida a estudar o cardápio, Cavalcante Sampaio percebeu que Olívia estava tensa. Devia ser importante o motivo que a fizera pedir esse encontro fora de casa. Desconfiava do que se tratava: vários amigos que tinham filhos na mesma idade já lhe haviam dito que ele não conseguiria manter por muito tempo aquela sua firme decisão de não dar um carro a ela. E ele até concordava que a menina merecia. Porém não pretendia ceder. Mesmo se nadasse em dinheiro, tinha certeza de que na educação de um jovem é fundamental que as coisas não cheguem fáceis. Mais importante que o conforto é aprender a construir e a conquistar o que se quer. Quando ela estivesse trabalhando e pudesse pagar as prestações, ele teria muita alegria em ajudar na compra do veículo, responsabilizando-se pelo pagamento da entrada. Mas gostava demais da filha para estragá-la com mimos. Acreditava nela, não tinha dúvidas sobre seu talento, sua inteligência, sua capacidade.

Ao lado da mulher, sempre tinham apostado numa filosofia mais liberal para criar as quatro filhas, baseada na confiança e na certeza de que elas iriam corresponder. Ao contrário das ordens autoritárias com que fora criado, preferia o caminho da conversa, das explicações, da paciência — e sempre dera certo, as meninas entendiam e eram razoáveis, mesmo que às vezes ficassem de cara amarrada e reclamando durante algum tempo. O importante era fazê-las perceber que os pais não pretendiam dominá-las e impor sua vontade, apenas tinham mais experiência, podiam julgar melhor o que convinha a suas vidas. Um dia elas seriam mães e então os compreenderiam plenamente.

Mais uma vez, ocorreria agora esse processo de transformar um conflito em aceitação, ele estava seguro. Por mais que Olívia pudesse querer um carro, e viesse com a argumentação de que a faculdade ficava longe ou que muitas colegas tinham automóvel, teria de aceitar a realidade.

De qualquer modo, ia deixar que ela tocasse no assunto. Observar como argumentava, como expunha seu caso, construía sua defesa. Não deixava de ser um pequeno prazer de advogado.

Ela mal tocou na comida. Talvez porque o bife estivesse muito malpassado, insinuou ele.

— Não, não, estou mesmo sem fome, pai. Não devia nem ter pedido.

Desse mal, ele não sofria. Traçou valentemente uma bacalhoada, ajudado por uma garrafa de vinho verde português.

Quando o garçom levou os pratos e ambos recusaram qualquer sobremesa, a filha ainda não tinha falado. De olhos baixos, passava o dedo sobre os desenhos do adamascado da toalha engomada, sublinhando de leve flores e volutas.

Ele resolveu ajudar:

— E então, minha filha? O que é que você estava querendo conversar?

Jorrou tudo de uma vez, numa voz que vinha vencendo obstáculos desde o fundo da garganta:

— Pai, eu conheci um rapaz, a gente se ama e estamos querendo ficar juntos...

Não era bem o que ele esperava. Tentou ganhar tempo e tomar pé na situação:

— Muito bem... Quem é ele? O que é que ele faz?

Achou melhor começar logo a dar uns conselhos, não ficar apenas nas perguntas:

— E antes de pensarem em casar, é bom se conhecerem melhor. Nem sempre uma pessoa por quem ficamos encantados na primeira impressão vai depois...

— Pai, não é uma primeira impressão — interrompeu Olívia. — A gente está mais ou menos namorando há uns dois anos... Já deu para conhecer bem e ter certeza.

A moça deu um suspiro e esclareceu:

— E eu não falei em casar. Nós queremos viver juntos, mas não podemos casar. Ele já é casado.

Apunhalado. Por quem menos esperava.

Não podia ser verdade.

Sentindo o sangue subir, olhou para a filha. Encontrou o olhar dela sustentando o seu, ainda que por trás de lágrimas que mal conseguia reprimir. Cavalcante Sampaio nunca se sentira tão traído. Então era assim que Olívia correspondia à confiança que ele depositara nela... Dois anos de namoro escondido. Amante de um homem casado. E sempre com aquele arzinho inocente. Pai de uma sonsa, quem diria. Mas isso não ia ficar assim. Ia dar uma lição ao miserável. Primeiro, tinha que saber quem era, conseguir o máximo de informações possível sobre o patife.

— Ele trabalha em publicidade... mas o que ele é mesmo é um artista, pai. Um excelente pintor.

Sabendo das posições políticas progressistas do pai, a moça acrescentou:

— É de uma família de espanhóis exilados. Tem vinte e oito anos, veio para o Brasil quando era pequenininho...

Filho da puta! Publicitário esperto! Ainda se anuncia como um artista romântico e perseguido político! Um gavião em cima da minha pombinha, isso sim. Tenho que dar um jeito nisso, proteger minha filha.

Ela continuava, meio hesitante diante do silêncio paterno, tratando de ser parcimoniosa no que dizia, afinal não sabia de que lado o vento ia soprar.

De repente, o pai fez uma pergunta:

— E ele vive sozinho? Com os pais? Com algum amigo?

— Bom, ele ainda está vivendo com a família, mas está procurando um...

— A família? Que família?

— A família dele, pai. A mulher... e a filha.

Um sinal para o garçom. Pedido de café. Já novamente senhor da situação, Demócrito Cavalcante Sampaio dá seu veredito:

— Minha filha, se vocês estão namorando há dois anos e esse homem ainda mora com a mulher e a filha, ele não te merece. E não te ama de verdade, isso tudo é só uma conversa para te seduzir.

— Pai, você não entende, não é nada disso. A gente não namorou esse tempo todo. Pelo contrário, fizemos todo o possível para evitar, para não nos envolvermos. E ele é muito respeitador, nunca aconteceu nada... nós nunca fomos para a cama, se é isso que você está querendo saber. Mas agora resolvemos que queremos estar juntos.

Respirou fundo e enfrentou:

— E mesmo que você não aprove, eu vou viver com ele.

Com a mesma determinação, ele atalhou:

— Então não temos mais o que conversar. A partir de hoje, só tenho três filhas. A mais velha morreu. Garçom, a conta!

Demorou alguns minutos. Ficaram em silêncio.

Olívia sabia que o pai não voltaria atrás espontaneamente. Tentou mudar o clima da conversa, enquanto esperavam o troco.

— Pai, me desculpe, não fique assim, tente compreender.

— Compreender? Como? Se eu acabo de descobrir que foi isso o que eu ganhei sendo compreensivo... Achando que você era digna da minha confiança... Nunca me decepcionei tanto com uma pessoa. Minha filha querida, de quem eu me orgulhava tanto... A menina por quem eu sempre fui capaz de botar a mão no fogo, que eu jurava que não mentia para mim. Será que nada disso valia nada? Quantas vezes você mesma me disse que os pais de suas colegas eram diferentes, não confiavam nelas nem mereciam sua confiança...

O tom de desapontamento na voz do pai bem que fazia efeito. A moça se sentia diminuir. Mas respirou fundo, lembrou que já esperava essa reação, e ficou firme, enquanto ele continuava seu discurso de pai amantíssimo e compreensivo traído pela filha ingrata:

— Mas eu sempre compreendi. Sempre, sempre... Em qualquer circunstância, vocês sempre puderam ter a certeza de que contavam comigo lá em casa. Mesmo quando sua mãe não compreendia, quando ela achava que vocês precisavam de uma disciplina mais dura, quem foi que sempre acreditou que conversando dava para a gente se entender? Sempre eu. E olhe só no que deu. Foi bom para eu aprender...

Ele não parava nem para respirar, as frases fluíam, na retórica confiante de quem estava profissionalmente acostumado a encadear um período no outro, a argumentar e a apelar para as emoções, até convencer os outros:

— E eu que achava que às vezes sua mãe tinha uma certa rigidez provinciana, coisas das origens dela, de cidade pequena, e que precisávamos ser mais modernos, acompanhar o nosso tempo... Compreender, enfim. Mas foi nisso que deu tanta compreensão. Fiz o papel de palhaço. Ridículo. Meus amigos vão rir de mim pelas costas. Fui bancar o avançado, vejam só onde eu vim parar. Já imaginou a cara do seu tio Aurélio? Lembra que ele sempre disse que o único jeito de se educar quatro filhas é num colégio interno, de freiras?

Ela teve a presença de espírito de responder:

— Estou lembrando é de outro tio, papai. Seu irmão, meu tio Artur, que está num segundo casamento, e muito feliz.

— Mas ele é homem, é muito diferente. Além do mais, teve um primeiro casamento que foi um horror, coitado. Mas não ficou nessa vida dupla. Nada disso. Saiu de casa e se desquitou. Só depois foi que conheceu a Fátima.

— O Miguel vai se desquitar...

Deus do céu, como podia ter gerado uma filha tão boba? Caindo nessas conversas...

— Ah, vai, é? Pois já teve bastante tempo para isso, em vez de ficar só fazendo promessas e se aproveitando da ingenuidade de uma moça sem maldade...

Olívia se sentia cada vez mais acuada por aquele pai irredutível. Mas estava disposta a argumentar até o fim:

— Pai, se você mesmo reconhece que não tenho maldade, será que não dá para a gente conversar sem você ficar tão furioso? Se não tem nenhuma alternativa, se é para ficar assim o tempo todo, você dizendo e repetindo que eu não sou mais sua filha, então pense bem: eu podia ter fugido de casa de uma vez, ido viver com ele, nem falar com você. Mas não fiz isso, estou aqui, frente a frente, tentando me explicar... Não é possível que a gente não consiga se entender.

O pai ignorou o comentário e prosseguiu:

— E na minha profissão? Como é que vou defender publicamente os valores morais em que acredito, quando não fui capaz de fazer com que valessem debaixo do meu próprio teto? Nem ao menos consegui impô-los em casa, inculcá-los em minha própria filha...

— Não exagera... Não precisa ficar assim, não é justo.

— O que não é justo é você fazer isso com os outros. Causar um mal desses a pessoas inocentes. Como é que pode não ligar a mínima? Nem se incomodar com a mulher dele, a filha... Isso é que não é justo...

— Pai, esse casamento não dava certo desde o começo, foi um equívoco.

— ... não é justo com você mesma, que vai estragar a sua vida com um sujeitinho que não te merece, que nem ao menos teve a hombridade de te preservar dessa situação, ou conseguiu ter a certeza dos próprios sentimentos ao ponto de romper com tudo de uma vez, partir da estaca zero e se fazer disponível para um futuro com você...

— Não é tão simples assim.

— ... e não é justo com suas irmãs.

Esse argumento foi inesperado. Olívia mais ou menos ensaiara mentalmente toda a conversa antes. Mas para isso não viera preparada.

— Minhas irmãs, como assim?

— Claro! Eu e sua mãe tínhamos um compromisso tácito com vocês quatro, de confiança. Você, a mais velha, rompeu esse compromisso na primeira oportunidade que apareceu. E isso atinge a todas. Ou você acha que vou continuar a educá-las da mesma maneira depois disto? Se acha, pode tirar o cavalinho da chuva. Porque não vou mesmo.

O que argumentar nessa hora?

— Papai, faz favor, essa não... Isso é chantagem emocional.

— E não me chame de chantagista. Não faltava mais nada. Eu sou seu pai! Não admito que me fale assim.

Com um sorriso por entre as lágrimas cada vez mais difíceis de controlar, ela tentou brincar:

— Pensei que tinha desistido desse negócio de ser meu pai...

Ele sorriu de volta, meio cúmplice:

— Se você não desistir também de ser minha filha, ainda estou disposto a tentar mais. Você sabe que sempre gostei de jogar na loteria... Lembra do slogan daquele reclame? "Loteria federal. Não desista, insista."

Salvos pelo humor. Entre sorrisos ficava mais fácil. Saíram do restaurante abraçados, embora um tanto machucados. Marcaram outra conversa para daí a quatro dias.

No primeiro, Olívia flagrou a mãe, meio chorosa, se informando ao telefone sobre internatos que aceitassem meninas pequenas. Onde elas pudessem ficar direto, sem sair nem para passar o fim de semana em casa.

No segundo, teve uma discussão feia com Miguel, que ridicularizava Cavalcante Sampaio, fazendo uma caricatura da conversa que ela contara. Para completar, o rapaz ainda se zangou de verdade, levantou a voz e disse que não admitia que a essa altura da vida um pai alheio viesse impor regras sobre como ele devia se conduzir.

No terceiro, Olívia teve um acesso de choro de repente, ao ver as irmãs menores rindo, entretidas numa brincadeira. Com o coração apertado de tanto amor por elas, ficou se achando uma monstra ao constatar as consequências que sua decisão teria sobre a vida futura das meninas.

No quarto dia, almoçou outra vez com o pai, em outro restaurante.

Ele veio com um tom diferente. Mais conciliatório. Propunha que adiassem a decisão para daí a seis meses. Em contrapartida, a moça deveria prometer que nesse meio-tempo iria cortar qualquer contato com Miguel, para poder pensar com isenção.

— Não sei se consigo, pai. Já tentamos várias vezes. A gente termina, se encontra de novo, acaba voltando.

— Então eu te mando estudar um tempo no exterior. Assim fica mais fácil? Mas promete que não vai ficar escrevendo nem falando com ele. Olhe lá, hein? Vou confiar em você...

— Só uma vez, para me despedir...

O pai não queria, mas acabou cedendo. O encontro foi agridoce. Banhado de romantismo e carinho, mas encharcado de ressentimento e ironia por parte de Miguel.

— Você que gosta tanto de poesia... até parece que anda confundindo os personagens.

— Como assim?

— Tem o nome de Olívia, mas devia dizer a fala de Viola.

— Não entendi.

— Você não disse uma vez que tem esse nome porque seus pais gostavam da *Noite de Reis*, do Shakespeare? Pois então, não é Olívia, mas Viola, quem diz que é todas as filhas do pai ao mesmo tempo. Só que o contexto é outro. E esse seu contexto é ridículo. A esta altura, se sacrificar e abrir mão da própria vida para ceder a uma chantagem envolvendo as irmãzinhas... Francamente, Olívia, não é digno de você, de sua inteligência, de sua racionalidade.

Miguel tinha razão, e ela sabia. Mas não estava numa batalha de razão. Aquela história toda com o pai era totalmente irracional, paixão pura. Não havia o que discutir nem argumentar. O jeito era ganhar tempo e se fortalecer. Cumprir sua parte do acordo e depois confrontar a família com o fato irrefutável de que não era um afastamento de seis meses que a faria se desviar de seus propósitos.

Esgotado o prazo, na volta ao Rio, antes da nova conversa com o pai, Olívia resolveu se dar um encontro "por acaso" com Miguel, na abertura da exposição de um amigo, onde tinha certeza de que ele estaria. Avistou-o de longe, logo que entrou no salão. Ele estava com o braço por cima do ombro de uma moça bonita, de cabelos compridos e olhos muito maquiados. Mas assim que viu Olívia, largou tudo, chegou perto, tomou-a pela mão e saiu da galeria com ela, rumo a um bar.

Estavam emocionados, não sabiam bem o que dizer. Ele contou que saíra de casa logo que ela viajou, e que estava mais ou menos envolvido com a moça da galeria, uma colega pintora, tentando ver se esquecia Olívia, mas tudo isso desabara quando a vira.

— E você está morando onde?

— Bom, voltei para casa há pouco tempo, quer dizer, nunca saí inteiramente, eu ia sempre lá, visitar a Tininha, dar um apoio à Mabel, e... bem, acabou acontecendo.

— O quê? — perguntou ela, curiosa.

Fiel a seu feitio direto, de não mentir nem ficar rodeando, Miguel foi direto ao que importava:

— Não vou esconder: eu vou ser pai de novo.

— O quê?! — repetiu Olívia, desta vez numa pergunta feita de puro espanto e alguma decepção.

— A Mabel está grávida. Mas a gente sabe que é uma coisa que aconteceu, assim meio por acaso... Não quer dizer que eu esteja voltando para ela. Eu até contei que você existia, que ia voltar daí a um tempo, e então a gente ia ver como ficava...

— É... Vamos ver.

Não dava para se enganar. Agora Olívia tinha uma distância para ver melhor. A nova conversa com o pai nunca aconteceu. Não foi necessária.

Estava mais velha. Bem mais que seis meses mais velha. Ou que os dois anos e meio que a separavam da excursão à Bienal. Não ficava mais brincando com palavras.

Agora, se Olívia quisesse, até conseguiria acabar o poema, olhando as irmãs que ainda brincavam, ocupadas em vestir uma boneca, sentadas no tapete da sala. Mas constatava que não valia a pena. Descobria que aquele malabarismo verbal todo era uma bobagem, um mero joguinho de palavras, nem ao menos merecia ser chamado de poema. E ela era até capaz de achar graça e rir de si mesma, ridícula, a querer se ver como todas as filhas de seu pai, igualzinha à Viola de Shakespeare.

Melhor se contentar com menos. Ser apenas Olívia. Simplesmente, pensar nas irmãs. Nada mais.

Viola Vela. Modesto Feito.

ESTA OBRA FOI COMPOSTA PELA ABREU'S SYSTEM EM ADOBE GARAMOND
E IMPRESSA EM OFSETE PELA GRÁFICA PAYM SOBRE PAPEL PÓLEN BOLD DA
SUZANO S.A. PARA A EDITORA SCHWARCZ EM JULHO DE 2021

A marca FSC® é a garantia de que a madeira utilizada na fabricação do papel deste livro provém de florestas que foram gerenciadas de maneira ambientalmente correta, socialmente justa e economicamente viável, além de outras fontes de origem controlada.